擦亮記憶的星塵

陳育萱

推薦序——

若不等待果陀，人們期盼什麼

吳曉樂

高中時跟友人B交換彼此的恐懼，B不假思索地說，恐懼過於碩大的事物。我邀她舉例，她給了一組名詞：星體與深水。B接著描述，我們望出去時，我們知道這是「我」所看出去的世界，這個「我」無論如何都有一種自帶的大寫，但若「我」眼前所見，反過來將自己解析降維成宛若塵埃般的存在，要怎麼平衡這之中的「不相容」？B不仰望星空，更無法對海溝裡那些為了適應而扁平目盲的海底動物興起半點好奇。我那時不明白B的恐懼，因我十分著迷於神祕極限的事物，很久很久以前我說不定是王國高塔上一位勤勞的祭司，終日長考著如何透過群星與高深莫測的神取得聯繫，我想我跟朋友交換的憧憬與恐懼恰好符應了《擦亮記憶的星塵》裡一些陳育萱嘗試碰觸的主題：為什麼有些人從天空尋求現實的指引？又為什麼有些人無法觀星？

小說以一定分量去鋪陳港人麥雅文移居島嶼之前的「過去」，那年，許多港人度過了一個至今沒敢擔保「已經過去了」的夏天。麥雅文是個有攝影「習慣」的人，這絕非一個隨機的設定。約翰．伯格（John Berger）與尚．摩爾（Jean Mohr）合著的《另一種影像敘事》：「攝影術的發明，使我們獲得一種嶄新的，與記憶最為相似的表達工具。兩者都同等倚賴並對抗時間的流逝。」人們對此刻按下快門，背後必然出自某種難以理性歸納的決定：此刻，比其他時刻更值得。事件前後，麥雅文都攝影，心境早已不同。但凡過問遭遇過「事件」的人，他們或多或少都會提出個人就時間的，帶著痛感的醒悟。有些人另發展出一套記憶與敘事的重新剪裁，好讓自己得以心安（不一定理得）地過下去，如麥雅文的家人，他們心裡無所愛，萬事皆可拋，在暴政面前，他們草率地「讓路」，使得有些人得艱難地走上街頭，以肉身成牆。麥雅文這個角色太過立體，我不需要太吃力就能指出我遇過的「麥雅文們」，他們一方面抵禦著高權的抑制，一方面承受著因立場的殊異的親友叛離。街頭的對峙搬到客廳裡飯桌上一樣驚悚，終究牽涉權力的鬥爭，與弱小晚輩的碾軋。鄰近的島嶼成為麥雅文出走的蹊徑，是一時的活路，但拉長來看仍落在未定之天。

未定之天本是個偶一為之的情境，但若把視角挪移至小說另一主角陸依蓓，父母死於疫情，移往花蓮與外婆林素蓮居住。一場天災促成她與麥雅文相遇，命運從此纏繫，兩人並肩投身另一場「運動」。近年大陸板塊摩擦劇烈，天災頻繁，人與人之間的磕碰何嘗不是如此？哪怕麥雅文與陸依蓓縮小自身憧憬，謙卑到逼近卑微，「對未來毫無奢求，只是安住於這樣的此刻」，更大的考驗依舊鋪天蓋地而來。兩個主角相互佐證，創作者已交出她對時代的觀測：巨變的車輪不會如我們所祈禱的，縱容我們喘歇，它會持續地往前滾動，沒人保證它何時停止以及如何倖免無傷。陳育萱並非暗示吾輩必須束手就擒，小說著墨幽微，若仔細觀察林素蓮這「巫」一般的角色，她感官敏銳，對事物的變遷有其野蠻生長的知覺，從自然蒐集資訊的方式比常人更靈活、更有「效率」，她的存在也昭示在這瞬息萬變的時代，我們得與外界建立不假外人的連結，我們得回歸到自我，因果陀確定是不會來的。

小說裡，個體命運的劇烈變遷與星體的久久一變反覆對映，若世上真有芙莉蓮這樣的魔法使，我們人類恐沉淪於自卑，乍看漫長的一生在星體壽命面前無非縮時攝影般模糊、輕盈，乃至於卡通般兒戲。人類可憑靠者，或許僅餘「記憶」的本事，在大腦億萬的神經元裡我們開展層層宇宙，為自己爭取一些解釋與尊嚴，就像麥雅文說的「記憶之於他，再怎麼痛苦，仍是區別他之所以是他的理由」。在我們沉睡時，大腦正無聲地進行著記憶與遺忘的清算，快速生長的突觸被剪除，雜亂的線路得到整理。小說家設計卡曼病毒，奪去「記憶」，也破壞了人類最後一點「歹活」的空間。曾經發生過的事情依然儲放在大腦裡的某個置物櫃，但病毒讓人類遍尋不著置物櫃所在。跟隨卡曼病毒之後的是醫學單位MNN，據稱它們研發出一套技術，透過利用嗅覺這個感官（唯一不經由視丘，可直接將刺激傳遞至大腦）的運作模式，讓罹病之人可以再次走到置物櫃，開啟維持日常的所需。任何救命資源的分配必然牽涉到國家之間的利益交換與主權的進退。若讀者還記得Covid-19幾則國與國之間的疫苗輸送爭議，書裡的化名，就多了一層歡迎讀者私下連連看的趣味。透過MNN，小說拉曳出記憶的辯證與倫理。於此小說家有恢宏、詩意的發揮，我承認，讀到最後有被「將了一軍」，趕緊又從頭讀起，翻找自己錯過哪些線索的愉快。不過，大國之間的談判斡旋過於輕描淡寫，有隔靴搔癢的不痛快。再來是MNN的應用、Ken跟闕艾學的橋段，交代得太急促，就不知道是不是其他作品的伏筆了。

陳育萱的視角反覆在時代輪廓外顯的天災人禍，與個體心境的探測挖掘之中擺盪，書寫末日與大疫，襯托早已荒腔走板的人間。闔上書本，朝現實望上那麼一眼，一切似乎才正要開始。

目次

0 人為什麼觀星

在陸依蓓的時間裡，她感覺光與暗如同呼吸一連串的軌跡，橫膈膜移動，肺部擴張，空氣抵達肺泡，氧氣送進血液，呼吸推移著時間，日日固定纏繞著相似軌道，不知不覺一天便過去了。

人類需要體驗多少次明滅，才會感受到肉身衰老？貼近變老那道膜的前跟後，是一件幸福或者不幸的事？

任何一個比他人都接近衰老的國度，在那裡，人唯一擁有的特權是述說更多的故事，與遠古時期夜裡一邊鍛磨石器或進行編織的先祖一般，之所以在夜間清醒，是因為日間工作比預期更早完成，而與他們同在的是深夜不寐的群星。

人類是什麼時候開始在相同的天空方位及維度裡想像夜晚將臨的過程？望向夜空，凝神或發楞，漸漸察覺到在不同時間會見到不同的星星排列。說故事的人以手指畫，將它的光芒留予英雄，為猛獸哀悼，最終開始創造神祇傳說。眾神的舞臺是依憑這些不厭其煩的夜間故事，持續存活到下一代。地面篝火，天際群星，當時的祖先一輩子都無法真正測量星星的運動，那所謂無法窺見全貌的過往，卻給予現在的她一把連結遠古與未來的鑰匙。

有些條件必須交換：氣味分子漸漸逸離，調節遠近的睫狀肌失去掌控力，支撐全身的骨盆及大腿因為肌力不均而微傾，張口就能見到萎縮的牙齦，一切宛如傾角變大的過程。陸依蓓不只一次告訴自己，有那麼一天，細碎流失的時間粉碎了她的神智，皴皺了她的記憶，可是，她換得緩刑，是因為她仍有機會述說，這是MNN公司奪不走的，幾近恩賜。

其實不只人類，連星星都會變老，恆星邁向演化終點，超新星爆炸。這樣的恆星透過核聚變，內部原子不斷相互衝撞，氫轉成氦依舊繼續燃燒。它的最終點是鐵。作為宇宙中結合得最穩定的原子核，它不會再產生熱量，只能坍縮。人的肉體也會坍縮，活人體內器官沒有任何微生物，然而一旦呼吸不由自主進入停頓，靜謐油然而生。這是自然而然的事，為什麼要怕？

呼吸，私密而微小的個人體驗，一旦跨進死亡門檻，不再呼吸，免疫系統停止工作，微生物會從腸道開始出現，接著是消化系統，淋巴系統，各種臟器，最後輪到大腦。肉眼所見皮膚表面的變形、消殞、坍縮之後便是屍。屍身側臥陳放，唯獨能站立並行走的是記憶。生命是風，記憶才是土。她在滯後的時光潮水裡抵禦浪潮，試圖穿越，然而每穿梭一次，她就會意識到風吹落土，總有些什麼消逝。那種感覺等同指尖離開一寸，就會放掉纏繫的鬆緊度，維多利亞港、大嶼山、大澳漁村、荃灣、旺角、深水埗，浮城的故事屬於他，而後來他們一度共享著港都的海風。

災厄地動帶來相遇的契機，從此她害怕終將在另一場搖撼中鬆開手。死亡是常態，不死是僥倖。追趕到最後，她總感覺活在這個時代沒有更好的選擇。

他們之中，誰會走得更遠呢？誰在這個世界延續經歷了比戰爭更可怕的改變。每一天仍有許多事在銀河裡發生，誰會澈夜等待一、兩場流星雨，幾次月蝕日蝕抑或爆炸事件。站在此處所感知的光束、亮點、奇異的光暈或遮蔽，均是後來的知覺。

回憶大地震，這都是哪一年的事情了？輸入關鍵字，網路便可查詢，然而她想要的並不是靠著關鍵字拼裝撈出的他人記憶，她想保留的是唯有他們倆記得的事，她能與他核對的微小細節。正因如此，她養成了仰望的習慣。

前段期間，她沒事便會爬上這一大片毀損嚴重的弧形建築頂樓，隔著落地窗向外望。她選擇居高，離天空更近一點。沒有什麼道理，就跟先祖述說夜裡星空的故事那般，單純只是相信它存在。每天氣喘吁吁攀爬後，有那麼一、兩次，空氣中卷動浮漾的粉塵散開來，像是透過一道漩渦窺見了天機。

很久之前，山岳群嶺是她看星星的所在，以時間尺度而言，僅窗間過馬，但對人類來說，窩居在室內一段時間，知覺會失靈，幾年時光就像轉生輪迴，因此，她才不顧危險，攀爬危樓，置自己於中介，通向自由。這麼做能讓陸依蓓重新感覺自己找到回去的通道，唯有她，能看穿粉塵落灰的彼端存在著星辰。幾年前還能真正仰望的星辰，在南方城市上空稀疏存活，現在想起，那是多麼令人惋惜的餽贈，但無從悔恨起。

對於陸依蓓與她的同代人而言，他們不能想像星辰不只是被遮蔽，而是完全改變的狀態。時間快轉一萬年，大熊座將會扭曲，因為它的瑤光與天樞與其他五顆朝相反的方向移動；再快轉十億年，參宿七或許將在超新星的爆炸中死去，未知的恆星在天空中的其他位置出現，當前人類熟悉的星空將全然不同。

可是，陸依蓓已經不能想得那麼遠了，她正在面對自己的極限。她只是莫名地想起有此一說，所有人的體內都存在星塵微末。最初，地球的誕生有賴於空無宇宙的大爆炸，星體爆炸的下一步是死亡，此前，鐵作為核心壓縮，再壓縮，極高密度下，核心進行反抗，朝四面八方噴射，恆星死後，億兆之一的存有，轉化成她的其中之一。她所知道或所不知道的人，包含自己，呼吸著彼此的呼吸，交換了不經意交換的元素。陸依蓓想像所有人的身軀就是個微不足道的袋子，逐步耷拉衰朽，有一天會如同恆星爆炸，體內的氧會逸出，讓下一個活著的人使用。

這種聯想不妨礙她著迷於星體爆炸後抵達的強烈光亮。說不定，她還在呼吸著爸媽，呼吸著阿姆，呼吸著麥雅文，以及每一顆從天際爆炸消失的星體，反之亦然。裝在袋子裡的星星隨著這副身軀緩緩起伏，離開了那座荒原。沒有星子的時刻，她會向內凝視那些未散的星塵。

如果麥雅文沒有觀測錯誤，天鵝座翅膀旁，一對雙星 KIC 9832227 逐漸靠近，近到表面已經接觸星體因交換物質導致核反應失衡，進而碰撞，發出寶石般的熠熠光芒。

所有天文事件的到達，都是後來。

1 弧形大樓裡的住民

Luca察覺意識已經將他驅出夢境邊緣。眼睛黏得很緊，又沉又重，他試著出力，後背早已出汗黏膩，從窗臺傳來的動物叫聲令他煩躁感頓起。終於，他一鼓作氣側身起床。

「你不多睡一點？」陸依蓓只見他的背影，沒注意他猛擦汗。

「不了……我去準備。」麥雅文換好衣服，走下大樓共同通道，很快地拉開門，又迅速關上。這個習慣從七、八年前就養成了，他對於蚊蟲的過敏度這些年來有增無減。

Luca移居果貿社區多年，他現在每天的工作是處理食材，準備好食物餐盒，等預定時間一到，就在App裡點選最近的機器人前來接單取貨。說是機器人，它的外型離他想像中的「機器人」仍有極大的差距，從初代到現今，只不過是一臺金屬器械抱著物品的鋼鐵支架。設計得更美觀是沒問題，不過外送平臺公司不願意，它們認為送餐的工作只需要準確安全送達地址即可，其餘不是考量重點。好吧。麥雅文接受利潤至上的說法，不過每次機器人收取餐盒時發出預設好的人聲，他便感覺相當彆扭。

「一共收您二十個A餐，十個B餐。」機器人說。

Luca看著快速移動的立體鐵架消失在圓弧狀的社區中庭，試著感受今日是否適合外出。風沙花粉、蚊蟲騷擾、濃煙高溫都可能引發不適，若能事先準備，他就盡量避開過敏原。皮膚過敏引發的搔癢是很難向外人訴說的經驗，關節凹陷的皺褶是陡降的溪壑，關節外是史前感的嶔崎粗糙，癢就是從這些小地方開始的。滿空飛舞的粉塵或看不見的塵蟎與黴菌飄近，覆蓋溪谷，搔弄巨石，水聲停咽。頓時，無法抵禦的力量令雙手失控，癢啊——放棄手上正在進行的作業，直接撓了起來，動作勤快，重複性地向所有疑似沾染異物的領域施以暴虐的清理。一下、再一下，皮膚紅腫。不能停，他的指甲像是質問地圖上的等高線，意圖重新劃分溪谷的位置。

刮破了等高線，低淺溪谷轉眼間成為溪壑，烙下血絲。第一次被這種癢找上並標記，麥雅文便成為俘虜。用雙手解決所帶來的僅是暫時舒快，這是染毒，下次就得為止癢而不得不開始練習止痛。身體表層的沼澤、溪口灘地、溪谷、淺灘、濕地、緩流、曲流，搔癢階段持續著，水泡便硬生生孵化，一顆顆啵啵啵，是米粒，看著真醜。他沒想過，有些部位竟長出青蛙蛋般大的水泡，彷彿浮游寄生在他的表皮。

他自費前往皮膚科診間，老醫師抬起眼鏡看了看，丟給他兩罐小塑膠罐裝的自製藥膏，讓他回家跟鹽湖和火炎山對峙。少年仔，不要再抓了！不然藥膏效果有限。老醫師草率叮嚀、聊勝於無，但他卻神祕一笑，你知道有多少人在我這治好的嗎？老醫師的油頭氣味隨著這句話深入麥雅文的腦海，他認為這是一種救贖的暗示，於是他把自己當作是生態保護區那樣，什麼都禁，禁花生牛奶以免體內生出一汪灘濕沼澤，禁蝦蟹貝類所有帶殼的以阻絕紅腫蔓延，不碰的理由很簡單，他看過這類皮膚病後期的大片鱗狀，看起來不像人類的皮膚，而是誤入陸地的水族，匆促演化到最後的百分之九十九，但那一小塊乾燥的疙瘩洩露了割捨海洋後的代價。

為了遮蔽癢紅的肌膚，也為了躲紫外線，Luca 經常全副武裝。陸依蓓後來也學 Luca 鎮日長袖與長褲，外加一頂帽子與墨鏡。他有時不過是下個樓，卻也習慣這麼裝扮，他想起剛來臺灣時渾身黑影的打扮，舉止像經驗老道的神偷，城市暗角的跑酷者。他曾是敏捷機警的黑影，隨時躍高奔下。當年身著黑衣想抵抗而不成的，現在竟讓他躲過一遭。

「你在看什麼呢？」依蓓不知何時下樓，輕輕環住他的背。

「今天是適合外出的日子嗎？」Luca 的疑問顯然自己也不甚肯定。他點開手機內的傳染病即時監控系統，明白必須算好外出的日數。

盡量不要讓自己暴露在病媒蚊可能出沒的地帶，這是監控系統的最高建議。誰不曉得？除非生活大小事都有足夠金援來仰賴外送，不然就得如同他們這樣，觀測玻璃窗外的樣態，對照手邊的外出紀錄，取得（自己說服自己的）最佳平衡。

「這週對各星座的人來說都不好過，正值水逆時期，要留心人際關係，如果可以，還是少說話多做事。不過外出運還不錯……」陸依蓓滑出農民曆，「宜移徙、入宅、修造……」Luca 苦笑一下，「這哪能啊？現在根本沒有人想冒險移動，更別說搬遷。」

他邊說的同時手也不停歇，整個上午要出貨的單不只這些，他得繼續洗切烹飪，才能維持這個系統，不單單是賺錢，而是他得占住機器人的使用權。陽春型機器人擔負的工作能夠讓人減少暴露於外界，不過這需要穩定的訂單，好讓運作順暢。愈能夠讓機器人活動，愈能累積日後呼叫機器人的效率。麥雅文的餐點，一半機率能讓點餐者吃到熱食，大大增加了客人的回購率。大家待在各自的堡壘裡，以最省力的方式，吃到最家常的料理，這就是居家烹飪者的優勢。

這件事是雙贏，因為這也代表著 Luca 能夠讓機器人運來食材，而他或陸依蓓皆不需要冒著感染風險外出。

若說起他上一次最驚心動魄的外出，那便是從突擊前線撤往陌生之地的選擇。他將傘收束起來，將防毒面罩歸至密閉整理箱內，多數物品在危急之下只能捨離。他是怎麼決定的？既是放下，亦是逃離。他至今仍不願去定義，究竟那張機票代表著放下已經敗毀的，騰空去尋找心之所向？還是他不願承認但確實無法消化的窘境，逼使他斷尾求生。

他偶會想起跟父親一起觀測過的鹿林彗星。它偏綠的彗尾，迴異於一般常見的藍，肉眼可見的鮮綠光芒，在二月底的夜空與另一顆星恰好並列。

「爸！彗星真係會移動耶，咁右邊係咩星？」

「土星。」麥雅文記得父親拿下雙筒望遠鏡時，指著它，「你睇到彗尾有斷裂嘅地方啦？嗰個就係太陽風。」

「太陽有風咩？」

「太陽風簡單嚟講就係充斥在星際空間的高熱電漿。你睇到嘅斷尾就係太陽風沿住磁場撞擊到彗星嘅現象。可是，聽日你再望天空，呢顆鹿林彗星又會不同。」

「咁佢最後會去邊度呢？」

「要睇嘅軌道啦，軌道不同，佢有可能一去不返，或是幾千萬年後再回返到地球上空。」

鹿林彗星行進的究竟是雙曲線或是極狹長橢圓，科學家後來也未有定論。麥雅文記得當時的自己望著天際，只曉得它來自歐特雲，至今未有人類製造的空間探測器得以抵達，卻捎來一顆鹿林彗星。

那次記憶不知為何烙印在他心底。當他感覺自己在宛如太陽輻射和太陽風作用下，某部分漸漸化為塵埃之際，他便知道自己從某個角度看上去，就像是那顆斷尾的綠光彗星，仍在繞行。在克卜勒定律下，離日愈近加速愈快，可是他清楚自己下一刻會轉進極度狹長橢圓的另一側，只能單向往前。

麥雅文感覺這軌道之長，還找不到任何跡象能夠抵達終點。現在的他，只能熟練出餐，跟陸依蓓之間搭配得宜，只要一上午的工作量就能確保當日收入來源。

「今天還是先不要出門好了。」陸依蓓說，她為麥雅文送來一件替換的衣物。她留意著他的身體，仔細不讓誘發皮膚疾患的因子活躍起來。

「不宜出門」又勝出了。麥雅文在心底輕輕地說，忍不住嘆了口氣。

2 沒有過去的人

猶記那轉暑入秋的午後，高亢而沙啞的女性嗓音從手機彼端傳來。

「我係阿姑，係 Luca 嘛？」

「係我。」麥雅文第一秒還緊張到喉頭緊縮。

「你呢小子，咁耐都冇同姑姑聯繫，生活都幾好啦？」

初出社會，他在香港做銀行業，生活條件過得不錯。以前他們一家跟阿姑很常聯繫，阿姑對他特別親，關心他到連愛好都知曉。他的第一臺相機就是阿姑送的，他當時還驚訝，阿姑怎會知曉他的興趣。後來回頭細細想，阿姑觀察力驚人，眼光獨到，大概是從童年的打工經驗來的。阿姑帶他逛檔攤，各種商品臚列琳瑯滿目，她每樣皆知是否道地。「咖哩魚蛋嘅話，嗰家好食。欸等等，Luca，我哋等下一批雞蛋仔再買。人客人潮間隔咁久，仲系等器具都夠熱了，烤出嚟嘅表皮才夠脆。」不管是檔攤或臨時墟市，她對街頭熟食無一不通，隨時會給他下指令、出主意。麥雅文從以前就得出一結論，跟著阿姑準有好吃好玩的。當年，阿姑給他的相機也不算白送，他下了班後，業餘興趣就是拍攝。曾有段時間，他在阿姑家拍屋內物件：桌上的英國 FRY 雜果仁朱古力鐵盒、鞋櫃裡面的白飯魚、陳皮鴨罐頭……，走出住處，書局、晒相、眼鏡、五金、服飾、鋼閘工程等的懸臂式店招牌霸據整條街，阿姑走在其中，他便留下不少隨意捕捉的畫面。

他有一張灣仔莊士敦道四幢露臺相連唐樓的照片，阿姑穿了身旗袍步行其間，提著買好的居家用品，突然回頭一瞥。遠方有個小型霓虹招牌，天色初暗，顯得年輕長髮的身姿格外優雅醒目，他替她留下與露臺建物的一瞬。阿姑特地將它洗了出來，掛在牆上，麥雅文清楚記得，那是眼神昂揚精明，又帶點俏皮的美麗。

阿姑懂投資，年輕就攢錢買了房，手頭總是有餘錢，他上初中之前，如果想擺脫煩人的弟弟，或單純想吃點好料的，他就會向家裡喊一聲——去找阿姑。父親偶爾會念他應該帶著弟弟去，不過他奔騰得飛快，一雙腳輕盈得不得了，早就掠過重重街坊屋邨，來到阿姑的住處了。他多半算好阿姑下班返家的時間，在門口正經地按下門鈴。他有一把備用鑰匙，但他還是寧可按鈴等阿姑來開門。接著，任憑阿姑帶他去搭雙層巴士、看電影、吃麥當勞，什麼都行，總歸是有趣。

後來，阿姑嫁人。再推進這些年，父母變了個人似的，他工作後，更連帶少了跟阿姑聯絡的氣力。他沒跟什麼人說起，家務事還能怎麼鉅細靡遺？尤其法條通過後，為了保持低調，他連朋友之間也少用能追蹤位置的社群帳號。

「我過得好好，阿姑你都知啦，我點可能虧待自己？」多年未見，他深知阿姑對他的印象可能還停留在某道時間之溝裡。

「話時話，你而家仲喺鹹魚飯呀？」他話鋒由側邊刮過，再從溝裡撈出一點陳年共同回憶。麥雅文記得阿姑年輕時就愛吃愛煮，堅持做鹹魚頭豆腐湯或鹹魚雞粒炒飯。阿姑特選密肚鹹魚，說是手工厲害的漁民挑走魚內臟而不開魚肚，木棍插入鹽巴仔細醃漬，魚頭和魚鰓位則包上報紙防蒼蠅產卵，接著倒吊日晒，令血水都透乾，才算大功告成。阿姑說得津津有味，他卻不曉得阿姑清不清楚，鹹魚師傅跟店鋪早就不在了，外移光了。阿姑彷彿心有靈犀，話鋒一轉告訴他，搭船去旗津港就能買到鹹鰱魚。

重鹹相似，味道大概還是不同。他想再探問料理方式，阿姑卻猛地拋來一句，「你……有冇受傷？」阿姑知他多少事呢。「Errr……」他幾番遲疑，然而阿姑從以前就有這魔力，只要跟人聊天，對方總會不知不覺抖出更多細節。

我本來喺入面嘅，負責踎喺出入口守住，第一日淩晨我就已經喺度。

我幾個鐘頭前就知道衝入校園嘅計畫，於是我換好晒 gear 出門，攞住攝影架餐，準備去影手足做嘢，我唔影低邊個會記得發生嘅嘢，我一邊諗，一邊行，周圍都係竹枝路障，沿途上嘅磚頭密密麻麻，好似螞蟻一樣，睇到眼花。我一路影，影到路中央有一批人用水泥砌牆，佢地疊得好穩陣，我反而喺度手震。我仲影到佢地係吐露港公路起哨站，匿係遮後面嘅哨兵，拎望遠鏡嘅哨兵，同後排交頭接耳嘅緊張，我影落黎，睇完又睇。所有人都好撚忙，無論去邊都喺鳩衝咁款，整火魔嘅材料同豬嘴就喺咁來回送遞，直到確保大家都有齊 gear，可以保護自己。仲有人同我講，一陣打緊唔好走去前排，我唔知邊個聽我講，但佢話，press 要記得企佢地後面。我唔肯定自己到時候有無勇氣企前排手足後面，我淨係記得當現場紙皮同垃圾箱因為焚燒而惡臭，係火舌飛舞個幾秒鐘，就係世界改變嘅時候。啲揸盾黑警就快衝到過黎，粒聲唔出直接射 tear gas，唔係一兩粒，係好撚多粒。

麥雅文說個不停，又快又急，喉嚨鯁著一口痰，呼吸得像風琴，網路通話的那頭悄然無聲。當他靜止下來，低聲呼喚，回應他的是一道很長很長的呼吸。那道綿長無盡的呼息頻率，鼾聲一般，麥雅文突然有點搞不清這是怎麼回事。可是，他突然可以慢下來，彷彿又有了氣力。他還在思考時，月光被阻隔在外，麥雅文很清楚那不是霧氣，而是催淚煙霧。煙霧是化學武器，人類製造了撒旦的眼淚。前不久，他第一次衝擊到眼睛鼻腔，如無頭蒼蠅般無定向亂竄，直到有人替自己淋下清水，才能從燒灼的敵意暫時喘息。這是毒殺，他清楚。毒殺人類的分子會從衣料纖維縫隙剝落嗎？沒人能回答。即便連他幸運退守家中，緊閉的門窗依然滲進催淚煙的嗆鼻窒息味道。街道上的衝突、突擊、閃避、躲藏都伴隨著致命的氣息。

「Luca，你仲喺度嘛？不如咁啦，你黎我度。」

「你過黎臺灣，工可以再搵，阿姑幫你搵呀！」

阿姑開口說話了。她隔了多久才說話？抑或她一直在說，只是他忘記回神？「你嚟臺灣，工作都可以搵，阿姑幫你。」阿姑繼續遊說，「睇到 Telegram 被黑客攻擊嘅消息，你唔知我有多擔心。你安全嗎？」麥雅文反射性回答，「我好安全。」

當年他在某個手足的掩護跟指引下，逃出了大學。他驚悚回望，傍山的校園在暗夜裡火光滿天，射擊中的橡膠子彈跟催淚煙交織為底色，他雙眼模糊迷離，只知拿著攝影器材往無人處衝鋒。他要衝去哪呢？他已經扮演很久的乖乖上班族，每天準時回家，運動，做家事，跟父母住。他刻意說服自己這一切是為努力存錢，存夠錢才能在高抬價的房產世界買一套自己的房。

某次返家，父母都在客廳，連弟弟也在。父母向他提及移民英國的計畫，見弟弟的神情，甚至恨不得立刻動身。弟弟已鎖定英國的綠能領域，父母則欲拓展事業第二春，麥雅文卻猶豫了。他遲疑於這種毫無懷疑的決定，重點不是英國，而是除了自己之外，這個家似乎不知不覺與他所熟悉的相悖離。他應該興起的心動，全化為灰燼。

而今，他該接受阿姑的邀請嗎？

回望這段日子，他脫下一件又一件從現場倖存的衣服，回家偷偷在深夜清洗。為了不被發現，他忍著刺鼻衝嗆的氣味以手搓揉，洗後晒乾。催淚彈洗禮過的T恤躲在窗臺外，蜷縮著，他發現自己可能永遠無法讓它恢復原狀。花上大把時間滑 Telegram 確認最新信息，乾眼症都出現了，仍避不掉凶險。僥倖避開，上班時精神不繼，許多業務差點出錯，也是個問題。如果想著煲底之約，他想辭去銀行業，卻還唯恐鬧成家庭革命。

心中沒想好諸多衝突後的結局，雙手卻在掛上電話後，開始收拾護照和簡單換洗衣物。他帶上行李箱，在家中客廳留了紙條便出發。停留空中，等待國界轉換時，麥雅文猜想父母或許一點都不在乎自己離開香港。他倆現在的志趣是賺錢，對比他小時候，現在印象最深的是父母某次飯局後醺醺然回家，看著 CCTVB 新聞，啜飲威士忌，罵年輕人：「呢啲後生仔淨係識得搞事，一早應該開槍打撚死佢啦！」

父親是銀行主管，活在工作易找好尋的時代，不知何時起，愈來愈愛抱怨下屬。過去麥雅文總在心底反駁，不知時代不同搵食艱難。而今父親大談警權，對一般人民沒有半點同情，他根本一句也不想聽。母親雖沒直接說出口，可他能感受她作為一名公務部門的主管，她的日常便是主動屏蔽某些視窗，只執行上級交付的任務。

他接受那些眼神的存在。如同每次上街，也都能撞見不認同他們的民眾。眼神交會時，他亦能讀到那種油然而生的不屑及憤怒，而他對他們亦然。

他閉上眼睛。

陽光下的飛機如一罐銀閃閃的汽水鋁罐，降落在小港機場。

機場比他想像小得多，程序卻沒有比較簡單。即使香港飛來臺灣很近，他卻有如度過一整夜。慢熬。出境，在接機人潮中他瞥見高舉「歡迎 Luca」的紙張。跑過去，緊抱阿姑。麥雅文始終記得這個擁抱帶來的溫暖，而他完全不知曉，他將落地生根。

他的皮膚或許是在多年前街頭抗爭時便壞毀了，幸而沒壞毀全。他花了幾千個日子想躲開那些記憶，暫時也好，可惜經常失敗。

麥雅文不忘告訴自己，幸好有阿姑，他得以來到一個完全陌生的所在。有時，他會再度陷入斷尾求生的自我質疑迴圈，夢見向他噴射過來的熱辣瓦斯，就如太陽輻射，他受不了，得逃。記憶都是腦中特殊的排列選擇，他無法靠意志抵抗。以為能捨離忘卻的，都存在他的皮膚裡。是這個原因嗎？他身在疾病風暴，卻倖存。或許曾經歷的暴力讓他體內鬆散的冰、塵埃和小岩石都揮發了，他成為一顆小且黑，無活力的礫石。

3 來不及告別的過去式

陸依蓓從懂事起就跟著父母，與市場作息一致，摸黑採買、備料、開店、清洗，開店必要的輪迴一天兩次，直到午夜。先是賣自助餐，萬花絢爛的菜湯魚肉，盛在不鏽鋼盤子裡看著淋漓美味。客人光顧過一年年，每位來買便當的顧客帶來嘩啦啦的銅板，叮噹嘈雜，趕著吃光紙餐盤內的熱燙油花，抹淨鹹甜酸眾味後，旋即走人，不會特別想及掌杓的手，油煙燻體的日子。

某日起，陸依蓓的父親被操勞壓得頹下去，撐不起大鍋鏟，沒法子就是沒法子。她能做幾道小菜，但傳承住父親的好手藝，她可不算徒弟。外送、採買與清潔難不倒母親，說起廚藝僅能算是二廚。一份餐湊不齊最完整的味道，香氣就會變質。

改做麵攤吧，母親提議。父親搖頭，陸依蓓贊成。母親細數盤下小店鋪所省的租金，又提到他們尚可應付的備料出餐。父親認為麵店沒有比自助餐輕鬆，她卻天真認為滾水現撈的麵條比起跟油鍋攻防，該是輕鬆多了吧？後來證實沒有，疲累比她考慮得更有分量。辛苦加值。嗶一聲，她體會到鎮日站在滾水鍋前，連冬日都可能流汗成為一棵不能輕易離開的雨樹，他們不雨自滴，換得部落客寫一句，不可錯過的銅板美食。

湯湯水水加點辣油吃得酣爽，鼻水涕沫就來了，時而整間店裡不只一人大聲擤鼻涕。賣麵講求快，端湯碗時不慎踉一下，湯水燙膚留疤。至於洗盤碟時常常溜手，汁液肆意噴濺，搞得洗碗槽邊壁黏附髒污。除非學路邊攤那種蹲在橘色大塑膠桶刷洗碗盤，任髒水流向地面，不然最終還是得再刷洗一次廚房地板。

鎮日洗刷工夫更甚。開設麵店就得這樣生活，陸依蓓多半負責打烊後全店的清潔，戴著手套仍可感知水的質地，乾淨自來水與加了肉燥後的湯汁摸起來不同，吃過後的殘羹也有別於一碗湯麵最原初的模樣。無論如何，噴上除垢清潔用品後，奮力刷，清除沾附，大水沖洗，隔天方能開門做生意。陸依蓓比其他同學更愛待在學校不是沒有原因的，她偶爾也想逃避這種惱人的重複。可是銅板積累起來也是迷人的，它們折合在存簿裡的一筆錢讓父母親終於鬆口，承諾一起出國玩。

去哪好？

香港囉，離得最近，機票便宜。

陸依蓓心中還懷著對日本的嚮往，她不像父親那麼愛看港片，殭屍片裡凶狠的橋段讓她小時候幾度嚇哭。母親明明也更愛日本，想穿和服，怎麼就隨口附和父親了？

她嚥了嚥口水，父親的高粱酒杯已經拿起。反駁的話吞回去，她湊近手邊的酒杯，酒進入咽喉，臉龐迷醉，頓時覺得在國際航線中有如銅板價格的香港機票也不錯，她於是學著母親點頭。當時，她絲毫沒有關注到香港街頭上人潮如銅板，一個個打落。

‧‧‧。●

水是介質，進入人體能運輸養分、促進新陳代謝、調節體溫、潤滑關節、保持皮膚彈性，某方面來說，人體亦分泌水分，排泄廢物，淌出唾液，吞吐所需。

直到此事變得危險無比。

顯微鏡下首次觀察到的這株病毒，它表面布滿如皇冠狀的棘蛋白，能進行高效率的蛋白質剪切。病理學家知曉它有一把萬能鑰匙，一旦轉動、開啟進入人體的鑰匙孔，便能與人體細胞融合，開始複製。

複製毋須完美，複製出錯反而是優勢，寄生就是藉由突變來保留優勢、淘汰劣勢。突變所形成的變異株，得以寄生更多肉體。肉體是否能適應變異後的結果，這不是病毒寄生所考量，它只是尋求自身存活的機率。

到最後，病毒不須尋找宿主，宿主之間已然在不經意擦身而過、待過同個空間的經驗裡，令變異的病毒又能交錯寄生。

寄生總是悄然的，在各角落潛伏、傳染的頑強，依附著變異功能，如水滴般滲透，或鑽或漏地浸潤任何被認為堅實之事。

任何大規模流行皆無預兆，在世界進入恐慌級現象之前，陸依蓓做著本分日常。然而，正常世界早已如對錯圖樣的描圖紙般，一毫釐一毫釐失了準。

噴嚏、交談的瞬間、不經意的咳嗽，病毒寄生涕沫，以此為介質進入體內，幾小時後，病毒已經築好滑水道，一座座肉身失樂園引發急症，流行又快又急，行動的死亡樂園。

大流行的初始，都可能出現一個刻意隱匿足跡的染疫者。陸依蓓事後猜想，就是這樣開始的——某個人走進銅板美食小麵館，外表看起來無異，已過了潛伏期或已有輕微症狀，病毒傳染力蓄勢待發。他舀起碗內的湯水喝，飛沫也撈進了病毒。飛沫和湯水成為一體。

結帳嗎，謝謝。

爸媽一如往常收下鈔票，吐出感謝。朝他們而來的是不能消化的真相。

送完外賣回到店裡，依蓓並不曉得與她擦身而過的是什麼。

隔日，媽媽全身無力又噁心，爸爸呼吸不順，心臟不適，陸依蓓滑了幾則新聞，眼皮直跳，她拉下鐵門臨時店休。隨後打了電話，兩老在床上有如僵化的蟬蛹。但幸而流程順暢，三人很快接受採檢。結果出爐，她被送往檢疫旅館隔離，爸媽進了負壓隔離病房。一家三口離家之前，她傳了訊息給爸媽，要他們放鬆心情，很快就會見面。

已讀。

後續發送的，一條條訊息空蕩蕩懸在家族群組，像未洗的碗盤似的，在廚房內無人接手。

仰賴氧氣續命狀態下的爸媽不可能回覆。閃爍著藍光的手機螢幕，繞開她最想知道的訊息，不停放送單頻的疫情數字。獨自閉鎖在防疫旅館內的自己，除了手機和透著天光的窗，幾乎感應不到外界。真正的外界真相不向她展開。

陸依蓓吞吃固定時間送來的三餐，獨自咀嚼，她突然意識到多年以來，鮮少獨自吃飯。一度，她想放下筷子，由於貫通鼻咽與喉嚨的通道缺乏潤澤，她意識到有些字鯁在喉間，之前未曾察覺的詞彙在唾液中滋生，有個洞穴忽然打開，從那竄出她無法確認的情緒。爸媽待在負壓隔離病房的事實，她認為會一直存在，至少在她離開隔離處所前。

陸依蓓想過很多關於治療的畫面，隔著透明玻璃看著他們呼吸的樣子，那時刻，所有飛沫都降落下來，空氣中沒有分毫能讓病毒攀附的介質。即便爸媽還沒甦醒，他們一家三口也都安安靜靜地呼吸，活著。

唯獨喪失呼吸功能者，會化為醫療急救中的數據線。有那麼一、兩次，她自夢境甦醒，彷彿得到幾個畫面裡的糟糕暗示。不過，她無從得知這些是源自所有人類集體意識的折射，或是神明給予的暗示？

也可能什麼都不是。她做過許多噩夢，摔進無底洞、莫名飛進太空、被脅迫射箭，沒有一樣真實發生。

手機螢幕陡然閃爍，不停大聲放送音樂。陸依蓓驚醒，靜靜聽著醫院告知噩耗。需要二十四小時內火化，電話那頭聲音說，妳需要幫忙嗎？我們會通知葬儀社。

她握著手機，不知道該說什麼。

她看著關閉的門窗，忽然很想問 Siri，我可以做什麼？

猶豫是一堵牆，限縮她，真空所有行動。按下語音功能的瞬間，她膽怯了，她唯恐真有什麼是自己該做卻沒做的。但是她能做什麼？隔離場所保護了她，有保護必有犧牲。陸依蓓被迫犧牲了最後陪伴的時光，甚至連外出都不被許可。

唯一的進度是葬儀社人員。對方迅速聯繫上她，交換了 Line，問她有什麼是爸媽喜歡吃的。

你們方便的話，準備幾樣素菜和水果。

其餘她只能聽對方的。專業的葬儀社具備完整的安葬流程，陸依蓓聽著，心底仍對死亡一事毫無概念。她沉默一陣，在對方冷靜的資訊中插話：還有，記得幫我拍幾張我爸媽的照片。打完這幾個字，如同拉上窗簾或永遠關機。

它已經發生了。

她知道什麼是死亡，以前她認為是死亡即是沒了，現在則有如拖曳著長長的待取消串，而且愈拖愈長。空晾的家族對話，所有她近期拋出的話語，都靜止在真空裡了。因為上了一層膜，抵達不了爸媽的眼前，她也捨不得收回。

爸媽死了，我怎麼辦？

Siri 運行中，似乎認真思考陸依蓓的問題，也宛如從沒有人問過，因此它得運轉星雲核，動用背後所有的訊息，想著怎麼措辭。她與 Siri 貼得很近，等一個回覆。此種型態的面對面，它的聲音不需要通過任何介質，絕無可能透過飛沫攜帶病毒。非常安全。不過，她並非真正需要等待，她只是不願意告訴任何人這件事及其發生始末。

這是一件重大的事，她卻什麼都不願提，也害怕將來有人問起：今天麵館有開嗎？沒有？妳爸媽呢？

隔離天數已至，陸依蓓獲准離開。

麵館鐵門拉下了好段時間，從爸媽進醫院，葬禮，到她回家，依然保持門窗緊閉的狀態。不會有第二人擁有這把鐵門鑰匙，大清早從低矮的縫隙鑽進來補貨。也不會有顧客。對，她不容許任何人進入。什麼謝謝光臨，她絕對不再說這個詞。那年她唯一的生日願望，便是向隱匿症狀的確診者控訴，就是你害死我爸媽。但該怎麼辦到？她連那個人是誰都無從得知。常客？不是常客？又有什麼區別？難道可以因為是常客而賠掉爸媽的命嗎？陸依蓓感覺體內情緒出現了多個夾層，各層都裝填未曾想過的物品，抽屜一展開，她就驚嚇般撤手。

其中一層是痠痛貼布混合了神明廳焚香的氣息，那屬於長期掌廚的爸爸。又一層是薄荷、百里香等香草植物的氣味，那是熱愛園藝卻只能屈居陽臺的媽媽種下的。而她自己的房間窗臺的擴香瓶還在，湊近聞，芬芳已無蹤。鼻子敏銳如她，其實並不特別熱愛外來的香氣，她只是想略為淡化一樓餐館飄出的鑊氣油味。即使家裡不開館子，她放學後走在熟悉巷道，總能辨別哪家又煮了什麼，咖哩、炒青菜、燉湯抑或紅燒，這些氣味一聞到就能勾住她，她幾乎能見到它們停在半空中久久不散的狀態。所以，頻頻炸魚而噴出油腥味的某戶，她常會繞道而過。

說起繞道，幾日前她的ＰＣＲ結果是陰性，咽喉乾淨無菌無毒，倒是在步出醫院前反覆輕咳。咳得不強烈，然而每咳一次就會引來陌生人的眼神，其中不乏厭惡。她不敢回以顏色，因為無法百分之百確認對方的想法：出自惡意或自我保護。

至於爸媽呢，他們又該怎麼自我保護？這波病毒初來襲時，沒有店家想到應該設置隔板。連口罩和酒精這麼簡單的防禦系統都沒有全面啟動。

老是這樣，她略一施力，便又回到不知該怪罪誰的窘境裡。

她想恨這病毒，她詛咒它，詛咒無論是疏於管理的實驗室或刻意放毒，畢竟它的天擇訊號一開始並不明確。最後，它不是它，它是Alpha、Beta、Delta、Gamma、Omicron，世界級公衛組織按希臘字母排序，為的是去除以地方命名的爭議。

它繼續突變，衍生，變異到日常風景變樣。然而痛恨的名字變了形，沒有奇幻畫面，甚至缺乏一隻具體可見的猛獸。不僅是她，漸漸地，沒有人找得回最初來繼續點燃怒火。

某日，她索性將麵館裡的烹飪器具重新清理，地板也灑上比平常更多的清潔劑，半開鐵門內盈滿化學香精，廚房油煙被大量泡沫帶走，洗去。

澈底洗滌，這座廚房再也不對外營業了。

而今，再不開伙的家，陸依蓓抽出擴香棒，將它扔進垃圾桶內。

4 島嶼前夢

麥雅文一直都在島嶼上生活。

大學時期爭取到一學期的交換，他又挑了一座島嶼。進入位於首都的大學後，麥雅文本來略感擔憂的口音亦算適應，多數時間除了鑽研不夠熟稔的文史程度，其餘便安排在這座異鄉島嶼遊歷。

遊歷是童年最喜愛的事。未上小學前，每一天都漫長得不可思議。約莫七、八歲年紀，他被爸媽寄放在公公婆婆家一個夏季。原初他不喜歡大自然風光，所以故意賴床。在老舊床鋪板上睡覺，愈睡愈沉，反倒成為每天睡到自然醒的狀態。公公婆婆不急著催促他，而是乘機準備豐盛的餐盒，帶著他一路從家中步行，搭地鐵到寶琳站，通過戲院，向山頭找到魷魚灣村的入口。沿著往山行的小徑，穿過竹林後的荒屋，公公婆婆會找張長凳，打開野餐盒，魚蛋燒賣、菠蘿腸仔、豉油雞翼，吃到胃部微撐，才又回到樹蔭路途，朝更裡面走去。山徑走至終點就有水聲，順著水聲去找，沒多久便能聽見瀑布濺飛。

通常這時麥雅文會找機會下水，尋求一番涼快。

不過，有次媽媽竟然現身，表情還一副訝異他竟可以習慣這種生活，她說起這就是她幼年跟著全班一起來郊遊的地點。半大不小的年紀，不管媽媽語氣中帶著淡淡的言外之意，他不斷央著公公婆婆說自己要下水玩。「唔得呀！你影下相就算啦，嗱，過黎，我幫你影啦！」媽媽搶先一步回道。

麥雅文撇了嘴，遠遠看著別家小孩拗著手腳攀到石壁那頭，瀑布上方的林蔭有時遮掩得較深，光線便在水珠上做了幾番折射，那些陌生孩子的臉上多麼喜悅。至於他，則有點手足無措。「俾你，笑一個吧。」媽媽拿出一臺飛機造型的泡泡槍給他。他嘆口氣，在鬧點小脾氣和不得不妥協之間猶豫一陣，才舉起假的小飛機向瀑布發射。隨著幾次按壓，肥皂泡泡從他站的邊崖起飛，可是還未抵達便在空中破滅，飄散在空氣中，折出彩虹。

「靚呀！」婆婆笑嘻嘻的。

按壓到最後一刻，連手指都痠了，吹出的泡泡離瀑布風景依然很遠，媽媽卻興致勃勃地替他拍下了許多合影。媽媽的拍照技術彷彿將他抓進一個奇特的框架比例內，麥雅文日後翻看相片，不免狐疑那天嘴巴有冽這麼大，笑這麼開心嗎？

穿過隧道回到寶琳站，陪他玩了一日，穿著運動衫的公公婆婆精神還是很好。「乖，下次再嚟探我地啦。」公公摸著他的頭說道。他其實很想回答，明天還會有類似的行程，如何說得宛如罕見地來訪一次？

他的鼻端還留著林間瀑布混合輕微肥皂水的氣味，他朝著跟他走反方向的媽媽說再見。媽媽解釋她仍須回去加班，而他手中拿著媽媽給他的玩具，感覺沉手。很快地，他會明白那是長大後不能再嗅吸的氣味。

幾年後，他有了個弟弟子豪。媽媽並沒有因為年幼的弟弟歇下腳步，他雖然不懂，可是每當門前響起高跟鞋哆哆的觸地聲而沒有食物的香氣，便預告著那是找公公婆婆的時機。爸爸加班比媽媽更勤，有時他一整個禮拜都見不著爸媽。幸而有賴公公婆婆常帶他們去商場和公園繞繞，買新鞋新衣，偶爾讓他們放肆玩幾場電動。真正一家四口到齊出遊的機會幾乎沒有，後來入了學，麥雅文知道自己跟同學的生活大同小異，便更不覺奇怪。

逼仄的生活樣態適應慣了，反倒孳衍出美感。譬若盯著無數人造光源形成的大片夜景，繁華、熱鬧的想像足以飄飄然。俯瞰時所站的位置愈高，離地所引致的輕微失重感會使人忘卻無數盞燈光下的生活，或許苦悶無聊，一點都談不上幸福。

所以，成年後的麥雅文跟著臺灣同學新生出遊，與一行人擠在觀瀑平臺最前沿，凝視十分瀑布奔流而下時，他心中升起奇異的感受，像是重新打散了時間，獲得嶄新的詮釋途徑。

不同島嶼上感受時間的濃稠度截然不同，初始麥雅文會焦慮空白過多。但是，他很快地適應拋開計時器滴答響的生活。

一旦甩開分秒必爭的執念，他似乎很快找回感官的本能，像是他仍舊記得，那次步出菁桐車站，天光一瞬間變成煤礦色的質地。

「等一下的摸黑闖關呢，你們每一小隊拿著地圖，就能抵達目的地。記得，一定要跟緊前面的隊員。聽好了，沿途無論遇到什麼，都不能叫對方的本名，也不能拍別人的頭和肩膀。就這樣，祝你們好運啦，GO！」社團學姊 Dora 向他們解說了規則。

一如其他新生，麥雅文介紹自己是 Luca。自小除了家人師長叫他全名，熟朋友簡稱他 Luca 的人更多。

「等一下如果有人拿到徽章，就記得打個暗號。」同隊的阿祿說。

適應這麼一長段暗路確實有點困難，不過他點了點頭。習慣了人工照明，這會兒他像是闖進密縫如織的暗黑之中，一瞬間麥雅文的反應有些遲鈍。他以前習慣的生活，處處是光點匯集之處，他的皮膚與肌肉會對此反應，血液也高速運轉，因為每條路都耀目得讓人只想快步疾走。他曉得眼前是特意設計的關卡，晚點大概會有嚇人的場景。不過，嚇人的並不是裝神弄鬼，是他有些愕然自己的適應。後方與前方的同學等速前進，他也跟著放開身形邊界，融入黑暗。四周都有人，卻無人說話，這樣的前行使他感到新鮮。毫無目的，為消耗時間的暗夜行路，他從未有過。先前，他的生活頗為緊張，上學後，每件事更似打上閃光燈。他留神了之後，成績還是比不上弟弟。他不怎麼在意，也自知這不是努力就能辦到的事，但爸媽對於他的教養吵了太多次，他無從選擇地成為他們婚姻的殺手。

前方的阿祿打了暗號，彎身撿起一個微笑徽章，向後方比出個讚。Luca 看著那枚徽章，手眼也慢慢試著觸碰周遭的野叢與芒草。在無燈的情況下，想破解謎團本非易事，亦可能是他太放鬆，以致最後穿越隧道前，他們這組都還未能收集完徽章。

「快走，我們是最後一組了。」Dora 來到他們身邊，而隧道盡頭已經喧騰起來。

不知為何，他覺得格外坦蕩愉快，走回新識的同學隊伍時，他感覺身上某些與此地略顯扞格之處好像被一夜無明褪去了。

秋夜微涼，島嶼特有的潮濕仍浮在皮膚的毛細孔裡，這一帶幾無人煙，只有他們不遠處的礦業遺址在山頭前，等待行經的列車傳來的光束。

他鼻尖沒有聞到肥皂泡泡的氣息，平凡卻又新穎的體驗只屬於他一人。若非漆黑一片，他真想折返回隧道，跳落瀑布下的深潭泅泳。他在腦海模擬，想像湧上的涼意帶有一絲確信。

在這段不長的候車時間裡，他隨意仰頭，在周遭拔高的樹林間隙裡，感受夜空薄透，因而留下擠出幾顆星子的空間。一旁的交談跟笑聲交錯，多聽幾句便又能聽出亟欲拉近距離的熱度。

麥雅文覺得自己選對了。

他從一顆微小的光塵到了另一顆光源稍弱，但能舒服降落的地方。

5 那些看不見的起源

陸依蓓喜歡吃夾心餅乾，甜的鹹的任何餡料她都熱愛。上下齒列一咬，餡料從中擠出，分布在舌頭不同區段，原本預期的口味與感受澈底不同。

「我吃下一座摩天輪了喔！」

「哦，那上面有誰呀？」媽媽伸手掏進她的餅乾鐵盒，摸出抹茶口味的夾心曲奇。

「有……我們一家人、外婆、外公……喔，還有阿姆。」陸依蓓的嘴邊還殘有巧克力殘渣。

阿姆是隔壁叔叔家養的狗，土黃色母狗，性格溫順，看到誰都是搖著尾巴討摸。

陸依蓓的第一個家，外有廣闊前院。小時候她愛跳愛唱，走出家門就是最好的舞臺。她知道大家愛看她表演，放得開又笑得燦爛，去哪都會博得掌聲。她感覺得出坐在榕樹下歇腳停留的長輩，不管該叫什麼稱謂，投射來的目光都帶著一絲渴望。那時的她常常紮著雙馬尾：好久好久的故事，一閃一閃亮晶晶，兩隻老虎兩隻老虎，童謠一哼，阿姆就會躍向手舞足蹈的她，有如伴舞，嗷嗚——嗷嗚幾個短聲，尾音截斷得很漂亮，軟糖一般富有彈性。輕步跳躍的四肢活潑討喜，可是絕對不會撞到她。當時她以為全天下的狗兒都喜歡跟人一起跳舞，而且跳舞後會滾動著龍眼核般的雙眼，骨碌碌地盯著她看。

叔叔，我可以餵牠嗎？

開摩托車行的叔叔往往埋首在店內最深處，引擎聲交錯轟炸下，她得大喊。

可——以——！

聽到這千百遍一致的答案，她才蹦跳回家，拿來特別準備給阿姆的零食。這些是從打賞她唱歌表演的零錢一點一點攢起來的，所以在阿姆面前秀出時，特別有成就感。

阿姆這時總會興奮地狂搖小短尾，牠的身形挺拔，有別於人類，輕巧、靈活，渾身有股奇特的機敏。阿姆咧開嘴，眼睛直盯著她，此時是陸依蓓最快樂的時刻。她喜歡盯著阿姆伸吐舌頭，以及專心埋首咀嚼食物時，後頸和背脊會鼓出一股浪，她會乘機把臉埋在其中，感受阿姆體內低沉的呼嚕嚕聲，牠身上的氣味隨著呼吸起伏而溢散出一點點的臭味，在陽光照射下，卻一點都不讓人討厭。

阿姆喜愛零食，卻不貪吃。吃完陸依蓓手上的分量，牠彷彿知道結束點心時間，便自由自在地四處小跑步起來。前院的草叢圍籬是牠的樂園，附近的淺溪也是叔叔經常帶牠散步之處，加上周遭沒見到野狗或其他威脅，於是阿姆便成為不需要牽繩的狗。不過，牠也會著迷丟球遊戲，叔叔的小孩跟幾個鄰居組成棒球隊，他們丟出的軟球又快又猛，阿姆不僅接得到，還會特地刁來她面前，蹭蹭腳邊，示意她也一起玩。

阿姆很親近她，她倆一起玩耍的頻率彷彿自己如願養了一隻狗。她每次輕抓牠的腳掌，聞著混合著爆米花和玉米片的奇特氣味，次次都感驚奇。阿姆不太願意被她聞，偶爾會發出微弱的嗚嗚聲，這小小抗議和無辜眼神往往讓她笑開懷。

那段時間，她想買什麼玩具，爸媽基本上都會滿足她。開車去逛百貨公司、到水上遊樂園戲耍。每天早餐由媽媽準備，早餐內容大同小異，第一口瓶裝羊奶進入喉嚨的濃濁感，再咬一口抹上果醬的烤酥吐司，水果和紅茶。有時換成煎得半熟的雞蛋，流淌的蛋黃舔起來格外美味。穿著襯衫打好領帶的爸爸早早出門，開著他引以為傲的進口車，消失在巷尾。

自然光線從外灑進窗，吃完早餐的陸依蓓，一天之始就是跟著媽媽去市場。肉攤獨有的異味，來自懸掛一排的鮮紅色澤肉塊，隨著買菜人潮而紅得更可怖。陸依蓓怕血鏽味，遠遠看著刀起刀落，怎麼將蹄或肋排剁成更小的腥紅，一邊祈禱媽媽趕快買完。紅白條紋袋裹住一坨鮮紅，伴隨蔬菜、水果，幾袋沉甸甸的交錯在一處，胸口汩汩流動的不適感才暫告一段落。

那種紅會使她聯想起一家開車出遊，途經的大型工廠。

好噁心！她直覺叫出來。

前座的爸媽聽了趕快拉上車窗，開了冷氣，不過糾纏如溝底髒穢的氣味久久不散。聞過的事物會留下鑿痕，幼小的她通過嗅覺，腦中有了這股惡臭的軌跡。

媽媽安撫她，拿出餅乾給她。捧在掌心的一整盒餅乾，壓得她心窩甜甜的，香草口味、草莓口味、巧克力口味，外盒上的圖案直接暗示這些滋味有多美妙。她咬下一口，邊咀嚼邊讓嘴角全是餅乾碎屑。含餡的夾心餅乾味道複雜，在她舌尖與舌面分別逗留，嚥入之後，飽足感帶來心情的變化。不知不覺，這成為陸依蓓驅散壞心情的替代物。

年幼的當時，她根本不會細究咬吞下肚時，由餅乾工廠大量製造的產物往往加油添醋，她一度天真以為，這就是真正的草莓經過輾碎或晒乾再加工後的味道。

人工強烈的香精味帶有麻痺性，而且會讓人上癮。她應該別那麼笨的，不是嗎？

6 終結

那日，無論她回想再多次，都想停下來狠狠罵自己。

如常的白天，時序來到燠熱的暑假。媽媽反覆交代她升上小學第一天要注意些什麼，她則是雙眼朝外不停張望。通常一大早阿姆就會跑來向她撒嬌討摸，但是那天她都唱完了電視上最新的熱門歌曲，仍然不見阿姆。她拉拉書包背帶，撥弄上頭的小狗吊飾，那串金屬滴鈴滴鈴。媽媽催著她，直喊「要遲到了」。她一對眼睛亮著，看機車行正在揮汗的叔叔，隔壁賣飲料的、做小吃攤的，臉上全因暑氣而懶洋洋。從他們隨意瞥過她、隨意打招呼的樣子看來，沒人見到阿姆。一隻偌大挺拔的母狗就這麼不見蹤跡，陸依蓓內心感到奇怪，她安慰自己——大概是阿姆跑去什麼地方探險了——這有時會發生，等阿姆玩累便回來了。

阿姆究竟什麼時候才夠累呢？

她整天上學都因為這件事而發愣，領取課本和習作時，忘了自己少一本。

中午放學，背著沉甸甸的書包在路上漫步，熱燙馬路蒸騰出她肩背和腋下的汗，她只顧著四處凝看，是否有四足站立、圓潤友善的雙眼和矯健的身形？任何一隻狗，任何一隻像阿姆的狗會在哪？她就像進入一場永無止盡的找細節比賽，試著從所有經過的風景，印核她最熟悉的身影。

還沒到家，鄰居就匆匆拉她加入大富翁。在分不出勝負的激戰中，她被叫回家。吃完中餐，迷糊睡著，進入長而深的午寐。風扇和冷氣形成的涼爽空間將她推到蟬聲遠離的外太空，夢裡，她一度狐疑，為什麼一打開門，外面便是無邊的星空？腳下什麼也踏不到。往回看，她的小房間一切如常，但向外的世界中，星星在腳下的迷惑感，停滯了行動。

選擇權不在她。陸依蓓才做好心理準備踏出那步時，她便醒了。空氣中潮悶著一股霉味，聞起來濕漉漉的。她走出房間、走出大門，下意識張望，爸媽不在，整條街上的人也不知去哪了。院子外爆竹花開得那般澄黃明豔，卻一絲香味也無。天邊雲朵的顏色分辨不出實際的時間。

雨滴下來了。

淋到一點雨返家的媽媽匆促拿出兩個便當，她吃完雞腿，才要把骨頭拿出來另外放時，媽媽對她說，不用了。

她夾著雞腿的筷子停了幾秒，在接收跟消化理解之間斷了電。

陸依蓓放下便當，逕自走出門。

「妳還想吃什麼啦？我都買給妳！」陸依蓓記得自己對低頭大口吃罐頭的阿姆這麼承諾。阿姆滿足地吃著東西又不忘抬頭搖尾巴，這能夠讓她看到入迷。這應該是她第一次理解到什麼是單純的快樂。

她該如何回報這份快樂呢？

她什麼也沒拿，整個人空蕩蕩的，就這麼走近叔叔跟阿姨半拉下鐵門的機車行，哥哥們放學後趕著回來，身上還穿著制服。

重要的是躺在毯子上土黃色的、一動也不動的身影，即使沒有誰來解釋發生什麼事，陸依蓓也只敢半遮著眼，不敢再上前一步。

阿姆的體內彷彿拚命擠著一個漏氣的袋子，聽起來又喘又虛弱。

來跟阿姆說再見。叔叔要她上前。

陸依蓓手上還殘留著滷雞腿的氣味，有時看阿姆這麼嘴饞，她會偷偷給她一小塊肉。

狗不能吃這麼鹹！妳這樣會害阿姆得腎臟病！媽媽看到總會唸一頓。

最終阿姆不是因為吃多了雞腿，牠誤食了附近人家放的老鼠藥，摻在罐頭裡的毒性毀了牠。

養牠長大的人以為牠就該自由自在，但不拘束牠的方式，反而讓所有人很晚才意識到：阿姆在哪？問題的答案來到不對的節拍點，阿姆又跟上一剎那看起來不一樣了。陸依蓓觸摸阿姆的身體，如同以往那樣溫柔對待牠。不，比起任何時候都還輕盈的觸摸。她想像雙手是雲朵，那般輕盈而短暫地拂過，祈禱能帶走獸醫也帶不走的痛苦。

她很快地伏低了頭，仔細聞聞牠的腳掌，不是熟悉的爆米花香味，而是潮濕土壤混合著滾燙柏油路殘渣，炙熱過後的紋路，停留在鼻尖半晌，就觸電般放下。

阿姆會住在我們家的後院，之後還是可以常常來看牠。阿姨說完，把牠抱在懷裡。永遠不應該發生的事件降臨了。陸依蓓日後很少回想起阿姆的最後一天，她記得的是手心跟阿姆接觸的觸感，臉湊近阿姆被舔得到處都是的濕熱搔癢。

她花了很久的時間才改掉吃雞腿時留一小塊肉的習慣。

· · · ○ ●

一場重度颱風盤旋在那年夏天尾巴，屋外大雷雨和閃電輪番威嚇，屋子漆黑一片。黑暗中，她看見地板的垃圾桶、塑膠板凳、鞋子全都不在本來的位置上，慢慢地，她感覺桌椅亦微微晃盪著。

媽媽在暗中舀水，手電筒的光源順勢照過來，「蓓蓓，妳要不要上去二樓？妳先去睡覺。」陸依蓓很快拒絕媽媽的提議，她堅持要坐在樓梯口。

爸媽轉頭繼續舀水，裝滿一桶便嘩啦潑出去。

舀出去，潑進來。再舀出去，又潑進來。

不管怎麼往外倒水，雨依然找得到縫隙滲入、淌進這屋子裡。大水漫延無際，恍惚中，她想起住在叔叔家後院的阿姆。

媽媽曾告訴她，阿姆會一直住下去，牠會奔跑，牠會跳躍，牠還會想念妳偷偷給牠的雞腿咧！

阿姆會怕水嗎？阿姆會游泳嗎？阿姆住的地方還好嗎？她沒有發問。煩人的停電狀態跟刻意把燈關熄是不一樣的，她曉得媽媽對她說的話是一首不明確的哀歌。

空氣因為雨水而清新，陸依蓓卻隱約能聞到阿姆的味道，那種知道她愛牠，會散發出的友好的氣息。這一刻，陸依蓓的眼角濕潤起來。她不敢想像以後會不會有誰能夠這樣愛她。

除了阿姆，還會有誰毫不保留地向她奔過來，跟著她跳舞？

她沒有答案。

7 芯

每件事物都有一蕊芯，最重要的芯霍然被拔起會如何？離港前夕，麥雅文眼見整幢屋宇黯淡無光，即便蠟燭如林，他再也找不到點燃的起點。

麥雅文喜歡看書，小時候經常在阿姑家翻到令他津津有味的武俠，金庸、梁羽生、古龍，阿姑對他說起《天龍八部》，「你睇嗰絕世英雄喬峰，武功登峰造極，用情真誠，哎呀邊個曉得佢會從萬人景仰嘅丐幫幫主，一夕變為契丹人。至於慕容復，武藝高明，可系背負復國壓力，為達目的不擇手段，最後走上絕路。呢些英雄好漢真系可惜啊……」他似懂非懂，手上翻頁不止，渾然入戲。他貪快，把阿姑收藏的小說全看完，卻記不清每一本書的角色，於是看了又看，在書上留下沉迷的指印。

這樣的他，日後購書不考慮大型連鎖書店，反倒特意彎進高樓或地下室一隅，每回拜訪都像初詣新友，須得仔細對照地址、查詢路線。上大學，聽教授說，過去此地是禁書天堂，去一趟銅鑼灣和旺角西洋菜南街，所謂「二樓書店」能滿足拎著大皮箱，渴切尋找卻又不免遮掩的讀者。就他所知，上環太平山街、灣仔軒尼詩道、炮台山英皇道、觀塘、九龍灣、元朗青山公路，連坪洲這座小島或必須走過一畦畦菜田坡道方能抵達的書店皆屹立。

書在那些地方被販售或購買都顯得安靜。人們從容翻閱、堆疊幾本，托著時帶點重量，離去時亦安靜如游魚。有時麥雅文會留意他人買了什麼——皮衣銀飾、打扮靚麗的女子，帶走的那疊書裡有一本領導人逸事的中文禁書；穿著雅痞，戴副細框眼鏡的金融人士，買了靈異宗教的書。有時買書的人跟書籍本身的組合總令人料想不到，麥雅文的小習慣有如偷窺靈魂半公開的隱私。所以，麥雅文進書店，往往能在知識叢林裡覷見即將褪去心靈皮囊下的奇特一刻，彷彿那些書本身能指引陌生人彼此區辨及重新歸類。不過，他一次都沒前去搭話，無論哪道熟面孔或從未見過的陌生客，麥雅文僅止於觀察不經意亮票的片晌。有些人對書店活動甚是熱衷，從參與講座到關注社區發展，投入運動，這也與他還未踏入書店前想像的港人大不相同。

他經常造訪一家山坡上的書店，出入的熟客偶然與他聊上幾句，自顧自說買了這些書回去就成定心丸。書中每頁裝載的字句如此厚實，熟客的手臂微微顫抖，他在對方短暫的描述中，望見書店外那排龍吐珠，苞片合抱，花瓣從花苞中探出頭，雌雄花蕊伸出的模樣正如狂龍爭相噴火焰，成千上百串擠著卻不亂。作為港人，再怎麼緊促狹仄的空間依然能綻放，或者如筒狀花基部紫紅色，裂出白色花冠，聚繖花序頂生的模樣，煙花樹，名字取得一點也不假。麥雅文知道買下書籍，空間自會挪騰開來。與他心情相似，他們這類人都是閃爍茉莉，在燈海星羅的港阜裡，燦爛又安靜。

麥雅文慢慢走離書店，很快地壅塞浪潮像是赫然再度發現他，湧上來，拽著他行走。可是，他的心緒仍滯留在書頁之間。畢竟，字在紙上給人的感覺是可觸的密碼，雙眼鎖定行距浮現的字與字之間，在象形具象的轉換間，梳理抽象脈絡的意在言外，這遠比廣不可測的網路，能教他找到確切落地的感受。

生在浮城，十多歲時，他便不覺自己牢牢地扎在哪個地方。時間滑溜，他善於穿梭，化為流線，跟同伴約了花墟公園踢足球，擠農曆年節前夕的年宵市場。有時，通過九龍塘南部一段界限街，觀睇新舊九龍的街景。煙火施放時，擠進維多利亞港，瞞著父母，人群中學朋友偷咬一口菸，看著一縷煙在絢爛極致的港邊畫細筆浮雕，任大廈船舶渲染色彩。這方土地上，做什麼都行，只要不違背法律，此地接納任何可能。麥雅文在群島間漂移，乘港鐵，騎單車，搭巴士，只要任一個地方有站牌抑或閘口，他就有可能被接應到彼端，繼續搖啊盪的，晃蕩久了，他觀察自己的長相亦疏離，顴骨比一般人峻竦，雙眉如小丘。家族相片裡的他，怎麼瞧都和其他人不像。然而，他未曾開口問過，即使問了。也會被斥為妄談吧！

彷彿他不屬於哪個地方。

為了避開這類聯想，他窩進圖書館裡，那兒不存在任何構成比較高低的元素。麥雅文安心翻開任何一本書，只看幾頁，不合己意又放回書架也無妨。有回他瞧見科學雜誌，一篇文章破解了他對植物單純、無意識的認知——植物更常發出「假警報」干擾周遭，釋放「有敵人來襲」的信號，迫使鄰居平白耗費能量跟養分，藉以爭奪演化優勢。這堪比小時候看的武俠小說，植物之間刀影綽綽，此消彼長，超乎他想像。

不知不覺，胸廓裝填的事物不全然與現實相關，他找到一個超越時空的多重宇宙，平行出生命的分支，無窮裂變。他發現人類想對著遠在兩萬五千光年外的 M13 球狀星團發送訊號，五萬年的等待，書上標記著那是阿雷西波訊息（Arecibo message）。縱然不明瞭物理和時間的真義，他卻突發奇想，說不定其中真有一個宇宙，接收了阿雷西波訊息，如同人類一生中能見到第二次鹿林彗星，一切皆有可能。

麥雅文拾起幼年時零星印象，試著尋找對觀星初學者最友善的星空：冬季大三角與獵戶座腰帶；春季星空的北斗七星，長尾巴的大熊小熊；夏季星空裡的牛郎織女星，天琴、蛇夫、天鷹綴亮星空。每顆星都有故事，愛恨在故事的最終都成為天際一梢明亮。

它們的人生如鑲鑽般，微弱提醒在地表觀測星空的人，過往如塵，可時候到了，仍舊浮現。猶如他上了中學後，重新意識到維多利亞公園不僅該看港邊煙花，萬支蠟燭點燃齊聚，所有人在一刻裡低首靜默的姿態，如同他們手裡握住的白色蠟燭，靜謐但充滿力量。

人們向紀念碑獻花及鞠躬，周圍響起的歌聲及遠方播放的影片，之於第一次見證的他來說，便是蠟燭真實的蕊芯，他們所散放的意念是火苗，自港邊吹來的風，少去繁華喧鬧，晃蕩著濕氣與悲戚。

8 上一代與其子孫

地球是銀河系的一條旋臂，銀河不平坦也不對稱，扭曲的形狀來自於星際氣體或暗物質交互作用形成。身處銀河系內部，想像整體母星星系的巨大結構極度困難，如同還在童年時期的他，無法穿透一生窺見未來的爸媽，再也沒有餘裕帶著他和弟弟到香港後花園西貢遊玩、吃海鮮。

本來沒有計畫，只在海邊隨意亂走的一家人，遇上黝黑膚色，不斷遊說、兜售划獨木舟的行程，「離岸邊唔遠嘅啦，很簡單，划船而已。我等吓教你哋，即刻上手。」

麥雅文聽到可以自己划到海上去，忍不住暗自心動。他看向離景觀餐廳不遠那幾艘輕盈晃蕩的小舟，忍不住向爸媽擠眉弄眼。

負責的大哥讓他們選船。靠近點看，帶點髒污泥沙和海水。挑來挑去，勉強選出兩艘。大哥將槳交給爸媽，他們看起來不太想接。爸爸才想出聲要他示範，那人卻滑溜地找到藉口，跑走了。

麥雅文跟弟弟分別踏進船艙，舟身晃蕩，他一點也不怕，眼睛反而直盯著海面，水流的紋路反射陽光，他隱約能辨識水下有隨時幻深的暗影，想看清，然而皆在他還沒眨眼時消失。

他和弟弟分別坐在爸爸和媽媽划駛的小舟上。隨著浪潮與划動的氣力，他們漂流到不同方位。

這是他第一次在海面上，放眼望去，不同層次的藍反映日光照射與無數反折陰影，好似一張沒有邊際的絲滑布匹。小小的獨木舟划過，布匹就露出小縫隙，濺起些許水花。他在水花騰空又墜落之際，看到水面下悠然閃動的陰影。

「果个系乜？」他咧嘴笑問，還沒等媽媽回答，他的手就想代替海中的槳。他已視船為身體的一部分，側身伸手，一個勁只想摸這片乾淨的海。海下灣多出名啊，獨木舟倒翻過來，在頭上罩住陽光。日後麥雅文只記得離船後緩緩飄落，彷彿身體在海中變得更輕更輕，視線下望，他一點都不慌張，吐出口中泡沫，看著以自己為中心穿梭來去的魚群。魚群散開，他才看清大海底部原來有這些附著藍色海星的珊瑚群，螢光斑色的熱帶魚擺尾，引來一隻白色透光水母從旁而過，靜靜掃過他，兩隻、接著是五隻，水母群聚而來，擺動鬚腳跳起舞。數量之多似能弄亂海流，自己和水母身上的光像是萬花筒，光的泡泡逗得他樂起來，手腳跟著擺動。舞啊舞啊，海中旋律不容他拒絕，身體成了其中一顆旋轉的小水珠，他就在這片海的心臟裡，依稀聽見心音與海同步。

媽？

身體潮濕，不知是從媽媽還是他的身上流出的。海水漫過界限街右轉彌敦道，他感覺也有什麼從額頭流下，用手一擦，是血。他不怕血。可是他深知媽媽怕，怕他衝回街上，在煙硝四處開花的現場為了躲避彈頭而跳舞。

多年後，媽媽已經不是當年的媽媽，她的皮膚像珊瑚，眼睛周圍浮現的斑點宛似平靜海星，下垂的眼尾是一條愈來愈重的魚。那次下潛海水後，媽媽為了帶他回陸地，把自己的一部分變成海。有時他想著回家，便跳進海裡，在廣袤的海域裡，感覺水流。

弟弟傳來的訊息如此簡短，沒有額外的語氣或表情貼圖，麥雅文分不清那是責備還是自責。甚至，他沒空多給反應，手機內群組響個沒完，躲、逃、戰的輪替隨時發生，在一片混亂中，他試圖聆聽，海潮之中有危險的繾綣，人流亦然。險路之途顛然，偽裝就藏在洶湧的、人體發出的熱浪中。汗水散著恐懼，抑或捨命一搏的堅決，水炮車和警棍藏在潮湧之後，瘋狗浪一觸即發。每個站在岸邊的人，警惕著大浪襲來的警報，而更多時間是逼自己站在原處，留意換氣，在下一道攻擊打過來之前憋氣，避免催淚劑帶來的強烈不適，繞過胡椒噴霧引起強烈燒灼麻刺。咳嗽，嘔出換氣不及所吸入的毒性，但也無效，體內迅速感知接近痙攣的苦楚，毒霧探入咽喉食道，在氣管、在胃袋裡撕咬。他記得這種感受，一次就足夠記得一輩子，可是他不能怕，害怕會讓他無法找機會投擲出汽油彈的！害怕也可能閃不過海綿彈、布袋子彈、橡膠子彈。畏懼時渾身僵硬，光是想像那痛苦猶如鈍器襲擊，便是永久性損傷。

麥雅文一路且戰且走，今日安全選擇了他，而他明白今天的安全不代表明天。該次返家路上，他看見 MOKO 新世紀廣場附近已聚集了大批軍裝員警。抵家之途比想像得漫長，海中的電鰻等著他，藤壺想刺破他的腳，水母的毒性隨時要發作。

直到他看見家門，以鑰匙扭開門閂，屋內卻空無一人，媽媽不在公寓裡。麥雅文一再撥打電話。隨著鈴響，不規律的心跳似乎總比無人接聽的電話更響。他第一時間跑下樓，向他迎來的是出乎意料的人潮。

時間軸轉向更深的夜，街上走動的人未曾稍減。人人彷彿無處可歸，又像是不得不在街上奔走，為了釋放疊放在心囊的重擔。黑壓壓的密度非關夜生活，行在其中，那又是另番焦灼。找了花墟公園，又繞回 MOKO 新世紀廣場，夜愈深邃安靜，腳步卻無法停住，天空半點星子也沒有。

那夜，媽媽並沒有回來。他不敢報警，只能不停刷新各種動態。

「妳曉得嗎？當時我居然有個荒唐的想像：我媽好像被拉進真正的海底去了。」

陸依蓓知道麥雅文說的是什麼，她聽過他說起隔天太子站出口的獻花。

「好多穿著黑T恤的手足去獻白菊花。太子花墟走到太子站途中經過的花店，好幾桶後方牌子上面寫——免費白菊花，手足請隨便。我記得好多人都默默留下錢，繼續沉默地向前。」陸依蓓摟住他的肩，那裡有道疤痕，警察留下的。

「拉上鐵門的太子站路面，幾乎全都是白菊花，貼得到處都是的布巾紙條寫著『港版六四，沉冤待雪，還我真相』。我那時常常會猜，都是誰在什麼時候寫下的？他們可能偷偷躲在房間裡不敢讓爸媽知道。可是，我一直覺得我媽是知道的，就算我沒跟她說我的出差實際上是遊行後的深夜逃難。不管怎麼樣，她一定曉得我瞞著她做了什麼。」

「你怎麼知道？她被抓了嗎？」

麥雅文沉默著。

「還是你發現，你根本走錯家門？」陸依蓓刻意說成荒謬劇式的結局。

「結局是，我媽人已經在英國了。那天晚上，她應該就上飛機了。」

說起這段往事的麥雅文，眼神沒有看往任何方向，眼睛睜得洞大，在穢灰的色澤裡，隨時會被突如其來的暗影襲擊。

有些話頭還不能露出。

陸依蓓的疑問盤旋不退：後來你是怎麼知道的？但她搞不清楚的是，麥雅文的話語之中夾雜著矛盾：他的媽媽是否跟爸爸一般冷眼勢力？他描述年幼時的爸媽跟之後的行為處事，怎會如此不同？他們真的移民去英國了嗎？麥雅文選擇說出的那些，背後源自一個她認識但陌生的國度，而他與他家人的關係正是國度裡曲折的山坳，照了日光卻仍舊顯得晦暗。任何曾感受過的舉棋不定，在未來都很有可能不被收納在MNN公司的系統裡，陸依蓓不免嘆息地回憶起，在她被帶回北部生活之前，怎麼都沒辦法回答一個問句：「留在這，跟外婆一起照顧這座菜園有什麼不好？」

以系統運作順暢度為前提的取捨，僅為記憶留下最模糊的輪廓，而那往往是不久的將來可以想像的。

9 前兆

林素蓮跟退休的老伴日日逶行穿梭多棟高樓間，正繞反繞，無不是往右一格後退兩格的遊戲，剪髮、買蔬果、吃飯等基本所需都能簡單滿足。退伍後的老伴天天去單槓區報到，拉單槓或伏地挺身做得標準，閒餘之際跟鄰居左右下棋泡茶亦常有。

這麼一天過去，又迎來下一個明日，直到家裡電話響起。

小女兒關芳春的聲音令林素蓮愣住。林素蓮有那麼一段時間懶得理自己的女兒關芳春，當初堅持嫁給搞房產的，像是為了證明自身過得不差，還邀她去有院落的宅第，只是她不肯。就她看來，女兒美夢泡泡沒多久便破了，勉勉強強，夫妻倆帶著年幼的女兒做點小本生意方能度日。

母女倆多久沒好好說話了？自從小女兒婚後漸少回娘家，老伴關其岩鬱悶的樣子，林素蓮全看出來了。原先，關其岩在兒女面前說一不二，直到最後一個女兒出生，年紀漸長的他才在愛撒嬌的小女兒身上獲得前所未有的寬慰。嘴上即便不說，林素蓮也曉得他經常給小女兒零用錢。自小長得可愛、外向活潑又不嬌，林素蓮曉得關芳春有多受歡迎。她跟關其岩的堅持是，小女兒日後再如何，都得選個好大學讀，才不至於誤了前程。然而，他倆最擔憂的事朝另外一種方向發生：關芳春進了好大學，男友一個接一個，最後卻留在一個學歷甚低的身上。

林素蓮自認不是學歷的關係，她相信直覺。她要為女兒打算，這是不是個能為她後半生帶來幸福的人。毫不避諱地嫌棄對方出身的是關其岩。可是，林素蓮知道這只是託詞。他們明面暗面都做過，最後小女兒的抉擇仍讓他們心碎。

關芳春也是懂他們的。勉強辦了婚禮後，她迅速而悄然地跟著丈夫搬到北部去。林素蓮刻意不想聯繫，不過偶爾會從親戚群組那聽聞一點風聲，說是那小子投資房地產賺了不少。一、兩年後，崩盤潮襲來，一屁股債就這麼壓在頭頂上。為了償還債務，放棄原本的住所。關芳春帶著初出生的女兒要怎麼生活？這個疑問她努力壓抑著，不讓關其岩也一起陷入煩惱。獨自愁煩久了，林素蓮能感覺自己跟女兒之間的引力漸弱。小女兒依隨了新的行星，自然有她的星系，得獨立運行。

除此，林素蓮跟關其岩邁入暮年的生活規律一概無礙。

這與她許久才終於接起那通電話有關，尤其那是通常不會有人打來的時間點。那次起，林素蓮確知自己的孫女有個很美的名字：陸依蓓。盯著照片瞧，她的臉更神似年輕時的自己。她沒跟關其岩說，省得他一會兒悶氣無處發洩，朝她這來。

林素蓮陪伴陸依蓓的童年後半段，就她所知，陸依蓓剛失去一隻名喚阿姆的狗，稚嫩的臉龐陷溺在回憶裡。安慰一個孩子的經驗，早早都經歷過了，一切做起來都像重新複習人生軌道，只需要重新拿起唱片針頭，放在該放的地方。

悠悠轉動，她讓小孫女幫忙拉四輪菜車，輪子轉啊轉的，有時遇到小坑，魚肉菜果突然在急煞的瞬間發出咚咚的震落聲。她想出手幫忙，不過陸依蓓堅持一個人拽著走。

「真無簡單，恁查某孫出來？」

「毋是，是阮查某孫陪我買菜啦，恁看，伊閣會鬥相共摸菜籃仔。」

「小小年紀就會幫外婆，妳真棒！」

「好啦，頭家，彼尾苦花的下水愛替我清理甲清氣一點仔咧。頂擺買轉來，煎好了後，阮翁閣會嫌苦。」

耳語仰賴土壤掩藏並孵育，像是只為一度的妖異，為此，偶爾林素蓮也會開開自己家戶的窗，透氣些許，令其他家戶嗅到一點無關緊要的雛形。她故意揭露點家事，國臺語隨時切換，配合這一眾鄰里的八卦趣味。順著他人的話頭，不得不參加近乎誇張的表演，拉開音高，又欲蓋彌彰地壓低音量。自從住在這社區，就不缺聊天話題，每間看來渺小的住屋都裝了無法見光的故事。

小孫女初來乍到，又日日跟著她生活，等同搭起野臺一座。林素蓮扛出貯備許久的妝造服化，看著布景漸次圍掛，在燈光下愈看愈有立體感。響鑼鐃鈸彷彿坐定人影，鼓錘正待定音，她在這文武場邊，自後臺挪移腳步，站定妥當。「再過去一點，」她好似聽見自己這麼說，小孫女就乖乖地順著指令，在正中央開始第一道聲腔。陸依蓓隨時都能上場，林素蓮心中的舞臺就是為她而設。

有幾個孩子，她就曾創造過多少舞臺。她最引以為傲、而後移民到美國去的大女兒；二兒子不愛念書，可是後來開了家小工廠，製造螺絲釘，擴廠、徵人，賺錢的能力不比誰差；籃球好手三兒子，堅持走職業，但某次奪冠賽他撕裂了阿基里斯腱跟肩膀，便從職業隊伍慢慢淡出，成了教練；小女兒多美啊，林素蓮深深覺得是極像她的緣故。孩子們小的時候帶著在社區裡面繞，只要遇到熟人，大抵都會驚奇脫口：妳這女兒跟妳真是一模一樣。林素蓮得意抿嘴，誰不曉得年輕時候的她有多少人追！

當母親的就是這樣嗎？每個孩子都繼承了她一點點，而小女兒最多。最鍾愛的人，她悄悄為她做得更多。小女兒也知道，林素蓮選擇在腦迴路摺出每條千百曲折，髮夾彎的空餘畸零地，讓出最完整的一塊給小女兒。

媽媽抱抱。媽媽，妳會永遠愛我嗎？

小女兒比起哪個兒女都深諳撒嬌之道，天生的。林素蓮不曉得小女兒從哪學來，畢竟她跟關其岩的生活單調穩定，她的工作是在衛生所顧櫃臺，關其岩的姑丈幫忙介紹的。那個年代嫁給軍人不算好，她本來根本不考慮，直到那樁事發生。該稱之為意外，還是必然的人禍？總歸關其岩拯救了她。山坡地開發案的騙局，將林素蓮與其他村民捲入其中。最初她希望將家人接到土地較為便宜之地區，蓋一棟透天厝的願望，一切烏有。

幻聽的開始。

林素蓮一遇到人就開始問，聽過微微震響從地底冒出嗎？她說，敢若規萬千，根本毋知彼是啥的野獸開始嗚嗚叫，不停地說，真正是恐怖，我保證無人聽過按呢的聲音，她抽出體內所有能編織的話語，不停歇地吐出、纏繞，卻沒辦法呈現出一塊完整的布。

她的焦慮與暴雨的程度相應，雨量一再突破。所有人不禁顫抖起來，雨水衝擊到一個程度，滾滾泥沙堆積再膨脹，突破極限到禁忌，坡壁像是再也吹不動的氣球，一絲裂紋崩開，所有一切傾瀉而下。

她跟一部分村民朝著幸運的方向前進，可一回頭，偌大的石塊率先擊中她的家，這是她心底的一顆瘤。大雨阻隔她的視線，在那當下，她不知道該朝何處去。

關其岩卻看到了。

一雙手緊抓著林素蓮，帶著她的身軀起飛，飛離已經化為泥湯的砂石之流。她叫喚阿爸阿母，崩天裂地的前奏比她更快，漫過眼眶，碾碎林木，壓垮土層的滅世之力。

她跟其他獲救者住在簡陋的臨時避難處，等待時間。其實她等的不是時間，而是祈禱時間的推移，能讓大雨不再降下。

那一年，關其岩跟著部隊協助居民撤退，而林素蓮是少數準備回到山區途中得以倖免於難的在地住民。

當他看到眼前女子不顧所有，竟想逕自朝山區而去時，忙得滴水未進的他馬上放下手邊事，拽住對方：妳在幹什麼？喂！妳還跑！

她對這句話的喝斥聲始終記得。

日後她形容，跟對待犯人一樣。

沒想過後來他會帶她坐在西子灣畔吹風吃冰。第一次聽到這話，他急著想解釋，下一秒又覺得她在強詞奪理，遂將她攬住。她體內始終有著崩塌過的泥流舊跡，在關其岩身軀下，一次次反覆沖刷洗滌。節奏帶著她適應日常，她時常忍不住在釋放的前一刻潰堤，羞赧震顫。她攀附巍峨的肩線，隨著那強而有力的癱軟而解除體內警報。沒事了——

沒事了……選擇將遊蕩而迷蹤的林素蓮緊緊箍住，穩住她成為關其岩進入的模式。沒有長官發派這樣的任務，可是他卻奇異地領先完成，甚至把線頭太多的她，收攏在一個小方盒裡。對林素蓮來說，記憶上繳給無明、就連說話意願都喪失的那段日子，只能將工作畫個叉。

家需要重建，而她失神的雙目，裝載不了鋼筋，視神經網絡依然盤據在有土坡有樟樹欒樹胭脂樹青桐樹，眾樹依山而生的樣態。即便離鄉工作，她亦能清晰記憶入冬時通往家的路上，欒樹上嫩紅的蒴果膨脹成暗紅色氣囊狀，千萬盞小巧燈籠憑風搖曳，有如輕輕招引一年將至的豐碩之果。家族長輩對於什麼樹能做什麼特別清楚，年輕的青桐樹砍來，浸泡樹皮，留下纖維，捻成樹皮纖維，絞成一條韌性十足的繩索。山豬一旦踏進套腳陷阱，就注定難以逃脫。繩索纖維是由青桐樹死後意志絞成的，它猶如能夠纏繞生根，絕不鬆懈。林素蓮盯著新聞畫面反覆播映轟然巨響後的空白，她深知自己的家已被這塊大地吞食殆盡。今後她再也沒有忙到不回家的選項，土石泥塊之下，所有棲息物種亦無家可歸。

一名無家可歸的女子，口袋裝著一張名片，上頭的名字是當初拉了她一把，將她安全帶到避難所的人。後來，她花了一段時間，訓練自己不再本能恐懼驚風巨雷暴雨下的情境。她極力避免自己的心成為蟲蝕後的葉，於是換了工作，想方設法回到名為故鄉的舊地。落石清空了、橋樑整修了、道路重鋪了，以往一直想離鄉的林素蓮，甘願守著只有假日才有客流量的清冷，懸著心，讓故鄉的月光乾燻，等到夜色籠罩，那不成形的山總有一天將會讓她聽見大赤鼯鼠唧唧唧……或山羌突兀的叫聲。

她不只一次想咒罵上天，齒間經常蠢蠢欲動，舌頭往往需要特訓。胸腔裡迴盪著所有能想到的髒字，卻又優雅地接過顧客的產品，為他們結帳。

這一回，換成是她接過關其岩的手。驚愕的視線在他倆之間交錯，那片刻她清空怨憤，而因為顧客不多，便抽了空請他喝飲料。據他所說，部隊仍有一些工作待完成，而他面對她的善意，顯得客客氣氣。

林素蓮有些恍然，看見他，等同又面見了過往。昔年不遠，伴隨生命災難的，竟也有拯救。

就這樣，她慢慢地不再自我攻擊，從山區搬遷至軍港旁，成為一名平凡軍人的妻，社區裡的一分子。時光在這數棟社區之間甩著繩索、繞著圈，林素蓮不知不覺在侷狹的空間裡，養大了四個孩子。她感覺關其岩是滿意的，而她只恍惚著離開家園後，這種實質上的標誌性事件許久不曾與她有關。落地，踏足穩定的地面令她心中的重錘放了下來。

林素蓮沒有娘家可回，她是遊蕩孤船，過年回娘家這頁被撕去，她花上最多時間居處的場域，就是迴異山上生活的港邊。機密軍事基地在不遠處，社區樓面相互攏聚，小孫女說的——跟鑽進迷宮一樣；這根本算不上迷宮，可是不少人上了年紀，確實常在此中迷路，關其岩就是如此。失智的軍人被迫卸下光環，四面圍城，林素蓮帶著這樣的丈夫走轉，意想不到，最年幼的小孫女終也歸向此處。

高聳的柱體橫亙眼前，仰望時，又覺那像極了積木雲，人工堆疊的積木雲朵離地特別遠，能隨意弄亂陸依蓓的方向感。她剛被媽媽帶來外婆家，宣布她必須在這裡住下的時候，只有滿腹委屈。上週才剛跟班上可愛的男同學說再見。我不要！陸依蓓很抗拒轉學。我才不要搬去跟外婆住！陸依蓓心底隱約浮現輪廓，住進外婆家跟過去懵懂印象裡短暫的拜訪不一樣，她章魚般抓地哭鬧賴皮沒用，然而無形推進力攪亂她的睡眠與清醒，最終她讓媽媽牽著，身上纏著落地的重量，拖曳進這座迷城。

稜角是陸依蓓重新認識此處的界分，在此，她的空間感折射成萬千破碎的小區塊。在此繞了一段時間，媽媽的手換成外婆的手，陸依蓓後退，但瞬間縮了縮鼻子，略微酸香的氣息讓她暫時愣住，四下搜尋空氣中逸出的微絲熱氣，原來是鍋子裡的鹹豆漿。煙絲繚繞，餐桌上幾個鼓脹紙袋微露的餅身跟芝麻令她忍不住雙眼一亮，拉著外婆的手，坐了下來。

燒餅夾蛋菜，咬下燒餅最外層的酥脆，舌尖捲進豆芽菜、筍絲、豆干、炒蛋及酸菜，隨咀嚼而舒展盛放，乾香扎實的口感再配一口鹹豆漿，陸依蓓多年之後仍舊無法忘卻。這股香氣拖著她配合進入割成三角形的陽臺，五邊形的客廳，零切過角度的長方形房間，這些空間組合起來，如同她在美勞課不小心剪壞的小色塊，硬是拼貼到白色圖畫紙上。因此，不圓不方的房間內，一切都是探索的圈地，充滿遺漏的可能，重拾之預感。

隨著外婆買菜次數愈多，她就愈熟稔於打開五邊形的客廳，出門，轉彎，通過長廊，走到電梯旁，等待外婆按電梯。一樓中庭停滿機車，不管往哪個方向都有出入口，外婆通常帶她右轉，她們會通過幾塊小草皮跟公園座椅，再走一段就是人聲鼎沸的市場。青菜攤水果攤青生的氣息，與附近幾攤早餐店騰騰氣味混雜。她的鼻子記得焦香炭烤麵皮，持續傳來第二股油炸黏膩，澆淋入碗的湯汁墜墮聲，湯匙舀著送入水的吸吮聲，瞬間喚醒她的食欲。不同層次的香氣在此是鏤空的，物之外能驚喜撞見另一物。

．．．。●

並不很久的曾經，陸依蓓多麼熱愛食物，她樂於接收嗅覺穿進味覺世界，讓複雜滋味在口腔搭起數以萬計的橋樑，冰鎮茶品微漾清香，甘味濃郁的燒雞，永遠能變著花樣的芹菜素雞、乾絲豆腸，脆皮小黃瓜就是得拌入蒜頭再摻幾滴麻油。這些是外婆有意無意將常玉一般的生活浸潤予孫女。在陸依蓓敏銳覺察下，外婆看媽媽，像是將其籠進一團紫色煙霧裡，深深吞吐，而她也從未跟誰求證過，如同蕨類會從濕氣瀰漫的林地拔生，躲在遮蔭處仍舊能感知日頭淬毒的威力。

自從卡曼病毒讓所有皆消亡的未來降臨，沒有人逛傳統市場，自動化超市取代一切；倘若不是極特殊的需求，一般情況大家都會在家按下購買鍵，等待巡繞社區的生鮮車自動配送。連一公克都不太會誤差的生鮮箱，意味著不會有免費贈送的蔥蒜，金額再怎麼繁複都不會掐頭去尾，每粒米都等同能換算該有的價值。陸依蓓每次看到家門口那只透明箱裡裝填的食物都不免嘆氣，蔬菜再怎麼挑都是生命力旺盛且能抗旱的，魚類僅僅那些還在人工池養殖的幾類。活得愈長，她愈能感受每一年她被收走的愈來愈多。只是，外婆老去的世界跟她的截然不同。以前外婆用假牙咀嚼軟爛食物時，還能指定她想過的生活；現在沒得選，她就是得接受這個變得非常陌生的世界——食物銳減，霧霾嚴重，旱災洪災和沙塵暴警報，世界各國經常關閉國門與邊境。因此，各地新聞輪番播報的消息，在她聽來都像一則則恐嚇。有時她會試圖理解這些是一種新型態的，必須防範世界塌陷的訊息。全副熟知個人的保險和財務，必須清楚確定自己能付出什麼代價，而現在又能以多少金額來交換。外婆是從什麼時候就開始預做打算的呢？陸依蓓活愈久，才隱約意識到自己摸透他人想法的能耐總是棋差一著。她更像是賭徒，最大的勇氣不是籌碼，而是願意下注的行動。

輪得到她的下注機會不多，許多許多年後，她提出結婚一事，林素蓮馬上就答應了。她知道外婆是閃婚，媽媽也是。血緣的暗示是，當麥雅文牽起陸依蓓的手，親吻雙唇，交換體液，精卵結合的下一步，即為血脈相繫的起點嗎？她沒有想得那麼遠，不過身為這個家族的女兒，這樣的血液鼓動，或許也很正常。

．．．。●

血脈在她與外婆之間連為虛線，在林素蓮的視角，麥雅文牽起陸依蓓的手，兩人對視的表情猶如臨時被邀進盛會。興奮是怦然閃耀光澤的的心臟，沒能參加小女兒婚禮的林素蓮，總算站在她應站的位置，給予祝福。雪白連身洋裝和合身筆挺的藍色西裝，伸出毫無皺褶的手，交換戒指。簡單的指環之所以醒目是因雙方的神采，瞳仁清亮得像是真正的藍天白雲。

沒有污染。

小女兒和女婿雙雙感染病毒離世的那一頁，她總算能夠翻過去。

10 當大樓攔腰震倒之後

對動輒將近千萬平方公里的大國來說，區域型的災難會被推往遺忘的懸崖。每日承載的資訊愈多，人愈容易拋卻。土地愈小的國家，同島一命的記憶探點相對密集，一樁事件生成觸發點，往後會連結起所有人的共同記憶。

屬於這座島的其中一道記憶投影——盲斷層。凡是未能測出的是盲。盲區。盲點。盲目。斷層擠壓引發地震之前，絕大多數人一無所知，抑或無法花氣力面對盲點，寧可盲目度日。

直到搖晃試探夢境邊陲，忽而左右晃移愈來愈深，猛然睜眼一看，床鋪正上方的小燈，看到一半堆放的書，整個床架，全都跟著晃起來，有如海上湧浪搬到地面，沒有半點喘息——左右擺幅霎時又成了上下跳動，不是一顆豌豆掉到地面那類無關緊要的短暫震盪，而是帶著強大警告意味的毀滅震幅。

睡眠的雲朵破滅，無數人輪流掐住這一秒跟下一秒的決定權。要跑？還是要躲在桌子下？那是麥雅文無論看了再多次災難電影都沒辦法真正習得的本事。此際，他聽見來自這棟建築內部，砸爛了什麼的大片聲響，一道疊上一道。以前他曾領受過這座島嶼幾次輕微的搖晃，有如國小課堂的後座同學偶一為之的惡作劇。這次絕對不同！身為陌生異客，這塊土地的主人如何對待祂的子民，此刻他毫無頭緒。

但是，憑著直覺，他選擇套上褲子，抓了手機和水，在海盜船般的起伏下穩住身體。衝出床鋪區，一路跌撞，好不容易見到還在水族箱裡的斑龜安安，他趕快撈起牠，邊喊著，老闆？還有人嗎？快逃！

沒有回聲。整個青年旅館有如鬼城死域。

驀然他感覺到一股幽幽低鳴，震度的威力宛如要把地板扯裂，桌面傾瀉杯碗雜物，他單手護住頭，也小心翼翼地不要施力在龜殼龜腹上。

這狀況讓他咬牙，確認不能只躲在室內，得往外逃生！

手機無法連網，狀況很差，麥雅文只得想辦法避開所有會割傷他的物品，穿越槍林彈雨式的洗禮，好不容易來到逃生門。一轉，打不開！使勁再轉，單腳一踢，門依舊紋絲不動，巨大的卡楯堵住所有生機。不僅如此，當他再次想辦法死命拽開這道門時，陡然傳出一波巨響。他的腳底頓時起了一陣雞皮疙瘩，緊接著，眼見所及的風景倒轉歪斜，他的手臂被尖銳的玻璃劃過，費勁救出的烏龜失去平衡，也不知墜落到何方。房子內的樑柱硬生生折損，龜裂牆面穿出錯落的鋼筋，整個世界陷入失序的歪斜扭折。

麥雅文在地震揭開的黑暗裡，被摔落的不明物體砸中。他完全不知道還能做什麼，尤其餘震不斷的每個瞬間，他只能祈禱，從他手心摔落的安安能夠以牠堅硬的外殼躲過一劫。同時間這也是陸依蓓正在經歷的，而她比麥雅文幸運許多，她跟著外婆林素蓮外出探望朋友。

山櫻花剛開始綻放，就是該出發的日子。陸依蓓總會買好蛋糕及蠟燭，還有每年外婆叮囑的日常所需和補品，堆放在袋內，就是禮物平易，體積盛大。

陸依蓓曾陪著去過，門一開，外婆對她推推肘。「茜姨好。」對方年歲與外婆相仿，拄著拐杖行動的身影，添了幾分衰邁。外婆卻一身盛裝，倒像去探視長輩。

進門後，陸依蓓手腳機靈地搶先去廚房泡茶、擺盤，再將蛋糕拿出。三個女人圍坐在點上蠟燭的草莓蛋糕，瀰漫著苦盡甘來的氣息。以一位行動不便的長者來說，這間公寓整理得相當乾淨，而外婆的低聲聊天內容，時不時飄灑在鮮奶油與草莓間的夾層，讓陸依蓓零星嗅到她們少女時期的情感。同樣來自一個村莊，遭遇至親及家園大劫，有如死而復生的後半場，洞穿在彼此間的是未曾澈底消失的泥流。她於是猜想，外婆年年都以同樣的蛋糕為茜姨慶生，便是讓甜蜜凝結為伴，為失去砌上一牆防堵。

結束探訪，陸依蓓與外婆的返程經過市集，臨時而限定的熱鬧似乎使外婆輕鬆起來。她才提議要去逛逛，劇烈的搖晃便威脅而來，行道樹瞬間歪折、變形，她趕緊護著外婆避開即將倒塌的攤位，慶幸周邊沒什麼建物。但可怖的是不遠處傳來的巨響，不知從何湧現的水快速且異常地瀰漫，伴隨著震盪，有人大喊，樓倒了！樓倒了！

陸依蓓手心汗涔涔地護住外婆，直到她感覺手裡有如握著枯萎枝椏，實心空虛。外婆？外婆？她抓扣著外婆的手肘，在神情恍惚的臉上，驚覺一生為了家人忙轉、無所不能的外婆，其實暗存一塊隨時可能消失的版圖。

塵埃未曾落定，強烈震波慢慢退後，餘震的威力依舊在。途經斷垣殘壁的裂縫，時聞哀號，能扯開喉嚨淒厲叫喊的人，情況尚且樂觀；通常傷勢嚴重的傷者，連大吼的力氣都沒有，至多只能輕微低鳴。

在場不分任何人，最直覺的反應皆是茫然，猶豫究竟何處為安全之地。在陸依蓓身上，靈敏的嗅覺在物理空間朽塌之際澈底失靈。

陸地犁田般翻攪過後，生靈難逃一劫，死去的人已經過渡到另外一邊，餘下的人有餘下的待辦事項，以及劫後那拒絕不得的印痕。無論是瞬間強震或任何意外，都是一道閘口，曾經通過這閘口的人，便不會也不能再回到同樣的樓層去。

天雲詭譎，往下砸落的磚瓦、招牌、門框、玻璃，乃至一切，面目全非，陸依蓓聯想起戰爭。她生長在沒有戰爭的年代，至今未曾與之對壘。

然而有些戰役是從災厄之後開始的，陸依蓓只能選擇擁住外婆如同保護一座空心的堡壘。外婆明晰的輪廓地圖裡，仍蜷伏著一絲陌生的氣息，彷彿有不知起源的恐懼，令她失去了記憶的護欄。陸依蓓讓外婆躺在她鋪好的外套上，枕著她的膝，慢慢按摩著外婆的頭部，又壓了幾個能讓身體鎮定的穴道。過了一陣，喘息過度的外婆平穩下來。陸依蓓讓外婆坐起身，順向拍著外婆的背，心底鬆口氣。

緩過神來的外婆，整個人看起來好多了，因而生出餘力留神四周——不遠處揚起巨大的塵灰，無數民眾倉皇四散。

外婆暫時坐起，身體虛弱，眼神卻不容拒絕：「去看看茜姨！」她手上撥打的電話無人接聽。

「可是……」災害發生的熱區，陸依蓓清楚本不該去，待在外圍些的暖區或看似安全的冷區，也未必絕對安全。但除卻外婆的囑託，她也擔心茜姨，所以暫時讓外婆移動到相對安全之處，再三叮囑外婆要留意餘震，才急急奔向她倆剛離開的大廈。

剛為茜姨慶生的地方就這麼倒了，荒謬至極。

多年後，她仍能在網路上搜尋到硬生生倒在馬路上的大廈，有如夾心餅乾折出多處粉碎疊塌的畫面。

這種程度的損傷，在當下掉落鬆脫的粉碎物中，傳來悶沉的不祥聲響。不只是她，她還發現周遭聚集了明顯看得出是來幫忙的陌生臉孔。陸依蓓瞧見有人主動幫傷患簡單處理，一直不停地蘸濕棉棒擦拭傷口，忽略抽氣或哀號聲。擦好藥之後，四揚的粉塵仍不間斷地輕輕黏附在裸露的傷痕上，代表著一切尚未平息，暗示這只是開始。

尋找茜姨是她最緊要的任務。不過，她完全分不清茜姨住的H棟在哪？她只得在能走動的範圍內，拚命查看。樓層拗折的惡劣情狀讓陸依蓓只能循聲而動，她仔細聽著每一種聲音。

哆哆哆、哆哆哆。

她朝這固定的敲擊聲靠近，眼前的櫃子下方夾著半面玻璃，湊近看，就能確定裡頭有人拚命敲擊，隔著重重限制，大聲呼救。

謹慎踩步靠近，確保每一步都至少踩穩了。隨即，她讓裡頭的受困民眾略躲一下，持著恰巧撿來的車窗擊破器，伸手進去敲碎半黏附在窗框上的玻璃，邊敲落邊讓對方持續跟她對話，避免任何失血昏睏的狀況加劇救援難度。

事隔多年，陸依蓓仍會因這項行動而吃驚，這不僅挑戰自己的生存機率，更攸關不可測的風險。她僅有過往基礎救護的概念，實作過程是心虛加運氣，「我敲玻璃的時候，每五下，我會問你一個問題。每敲十下，你可以問我一個。」第一下甚至都還不能成功敲破，直到第十下——

「小心！沒被玻璃刮傷吧？」玻璃比她想得還快瓦碎。

陸依蓓總算能完整看到對方點頭的臉，很好，生命無虞。然而，某個瞬間她不知為何感到熟悉。甩甩頭，沒時間想那麼多了，「你叫什麼名字？」

「麥兜的麥，全名是麥雅文，朋友通常叫我 Luca。」

「妳呢，妳是誰？妳怎麼會出現在這？」

「我叫陸依蓓。我陪外婆來這裡探訪朋友，返程路上就恰好遇到地震了。外婆讓我來找看看朋友，但沒找到，倒是發現了你。」

「妳不怕危險嗎？」

「怎麼可能！我也很怕啊！」她想辦法再把通道弄得大些，「嗯……聽你的口音，感覺不是高雄人，你從哪來？」

「香港。」麥雅文頓了一頓，「我在等臺灣政府發給我的簽證，誰知道竟然遇上大地震。」

「好，你別緊張，等等我就把你拉上來。」她能感覺到對方仍處在不安中。

麥雅文才低首，瞬間又出現餘震，陸依蓓暗叫不好，餘光瞥到麥雅文的足踝邊有一條童軍繩。「你能抓到那條繩子嗎？」他的眼神透露不可置信。「沒時間考慮這麼多，快點！」

童軍繩的抓取並不順利，麥雅文試了幾次，體膚多了幾道刮痕，汗水不住流下。他告訴自己，就快了，差一點就能從歪斜的地面上撿起它。

如此挑戰體能和柔軟度的事，頃刻將他帶回那些被追捕的夜。那時，他有源源不絕的氣力，奔跑在蒺藜與大型路障的嘉年華中。無論什麼情況，他都能忍著不適，邊躲邊戰。他並不是運動型男孩，卻能持續好幾個晚上不睡覺，就這麼跑給惡警追。偶爾是誘餌，多數時間他是無名群眾的一員，沒有人需要知道他是誰，也最好不必知曉。隱姓埋名，方能顯現他做為廣大民眾之一，每個穿上黑衣、戴上口罩頭盔的人，泯除身分，只為了多掛上一條布條，以寸鐵回應隱匿於煙霧彈之中的鐵甲戰車。

那麼，現在他也可以將一切視為一場祕密行動，對面的異國女子是行動代號裡的隊員，只是他從沒有機會認識。煲底相見之前，他跟 Telegram 裡某個私密社團的夥伴說好了，他們都不透露真確的個人訊息，無論白日裡街上擦身而過的機率有多大，默不作聲才是必然的暗號。

繩子拋上去，陸依蓓伸手攔截。

「妳抓緊繩子了，我試一次。」麥雅文向著上方唯一可能的出口喊。

「等等，你看有什麼穩一點的東西，你就先盡量踩著它。」她深吸口氣，轉身硬是把繩子綁在路標牌上，預計最佳的狀態是當他的身軀有機會冒出，她就能伸手抓住他。

「Luca，我要用力拉了，你一定要抓好。」她喚了他的名字，旋即奮力一拽，對方將繩子拉得夠快，關鍵一刻，她如預想般抓住對方的手。那巨大而帶著粗糙感的溫度，頓時令她明白快成功了！接著，她暗自祈禱鐵製的路牌夠牢固，不會因為負載過多重量而倒塌。「對，很好，你另一隻腳可以踏這裡。」陸依蓓留神對方的每一步，卻忘了要為自己留後路，當那瘦削的身體就快穿過險區時，她腳底滑了一下，他們在某波餘震下撞在一起，相擁倒地。他們雙雙「噢」了一聲，好一會兒不能動彈。

麥雅文起身，發現身上的T恤因為大量汗水黏在對方身上。他尷尬道歉，陸依蓓搖搖頭，捂著腦袋，忍受著體內腎上腺素急速消褪的感受。

確定對方只是滿身髒灰而無大礙，陸依蓓催促他，「你快去包紮吧！」這趟尋找茜姨的任務沒完成，她估計自己離開外婆太久，得回去了。離開前她回頭，對視了麥雅文向她展開的笑容，她釋然暗想，這是這天發生的最好的事了。

於日後持續誕生的殘破裡，她時常會想起這幕——如果碰巧救的人不是他，一切會有什麼變化嗎？假若是一隻貓，一位失去抓握能力的長者，所有能考慮過或未能來得及考慮的情況捨去其中一個元素……那會如何？具有指涉個體命運的星辰在光年之外，出現了微小的碰撞。星體的運轉，偶爾會岔出軌道，朝著未知的三維空間運行，不光是距離的因素，或許也是目前人類無法在宇宙天體間找到的其中一種規律。

麥雅文全身是灰，怎麼拍，身上的牛仔褲和羽絨衣都是灰塵，一時半刻去除不了。從封閉扭曲的空間裡走出來，身體上的反應都是遲鈍的。他發現自己有點想哭，又想抱住救他的對方，即便他們一點都不認識。

無論如何，壓頂的可怖遠離，而在這異鄉，有人救了他，他的記憶裡從此座落了一個新的名字。

・・・○●

地震過後，毀損的大眾交通運輸仍在搶修，陸依蓓便帶著林素蓮住進旅館，對面是某間學校的體育館，專供倒塌大廈的生還者暫住。

開了旅館電視，新聞頭條輪播著各區災情，更新速度之快，有如多達數百次的微小餘震，過量的晃動和資訊量使人昏沉。過往，陸依蓓將大地震一事歸類為上個世紀的災殃，禍不及當前。國中小階段，九月二十一日的防災演習，所有學生依循指示進行疏散時，隊伍中不乏嘻嘻哈哈的聲音，操場上傳來的麥克風聲音，模糊遙遠。烈日籠罩，周遭一切如此穩固，歲月平安就是鋪平在眼前的嶄新跑道，當時沒有人真正理解什麼是所謂的地震。

直到現在。

曾經，手機裡的國家級警報讓陸依蓓感到太過頻繁；不過，此刻她體悟到幸運建立在日常枯燥的監測與判讀，示警的幾秒，或許便是扭轉的關鍵。

她陪著不死心的外婆來到體育館，數百人同住的體育館是漂流於災厄後集體上岸的漂流木。所有受難的內心不得不直接坦露，猶如地殼運動，藏在地層底下隨時可能湧動的打呼和磨牙，各種睡相、夢囈隨著沒有真正終止的地震，浮上檯面。在此前提下，尋人是一項艱困的任務，但她靈敏的嗅覺聞到一絲熟悉，是茜姨常在衣服上用的薰香。
那厚重棗紅衫襖蜷曲身體，藤壺般動也不動的身影，身上的淡綠色識別牌無精打采地掛著。陸依蓓趨前一瞥，「H棟五樓，設籍人＿＿」。
「茜姨！妳沒事吧？」陸依蓓走到她眼前，忍不住抱住了她。
原先沉默不語又僵硬的身體，頓時化為一灘水，茜姨雙唇發抖，像是不敢相信似地看著外婆，忍不住擦了眼淚。
「阿茜⋯⋯」外婆一一打開剛買好的袋裝食物，陸依蓓跑了幾家店，好不容易買到了熱食、盥洗包跟一套衣物與拖鞋。她救起麥雅文時，留意到他腳下踏的是一雙幾近破爛的室內拖鞋，想必慌亂間根本無從選擇。不知那個青年後來怎麼樣了？她不知怎地再度感覺到那雙似鯨魚般的眼睛。
「我吃不下。」茜姨只是躺著不動。
外婆抽取一張濕紙巾，幫茜姨擦手，以及指甲縫裡的塵土。這個舉措讓茜姨深呼吸了幾次，淚水蓄積在眼眶裡，隨時要失控。
陸依蓓拿出拖鞋幫茜姨換上，環顧四周，廁所大排長龍。時間是最嚴酷的試煉，事發後愈久，各種情況更是層出不窮。

有位拿著大聲公試圖說話的中年男子，試著在焦躁的情緒下發出微弱的命令。

「請大家稍安勿躁，搜救人員還在黃金七十二小時裡拚命，那棟樓還是非常危險，大家就先不要移動。」

「我們只是回去看一下家裡狀況，又不是要玩命，你憑什麼阻止？」

「沒見過這種無理情況，走，我們去找立委。」一位太太張口就是立委、議員，讓現場火氣升高不少。

能從攔腰而斷的建築死裡逃生，本是幸運，可是時間一久，群眾中有人這麼質疑，隨即更多聲音鼓譟起來。那些原在浮游狀態的，開始為了底棲生活的穩固度而狂躁。

「請……請大家再耐心等待，待在體育館只是暫時的。」

頻頻擦汗的說服無法壓抑抱怨，陸依蓓彷彿能聞到體膚溢出的汗臭味，夾雜著委屈及倖存後的焦慮。當時絕不可能知曉，未來的她將有多次面對情緒潰口所蒸散的大規模事件，現在不過是輕微的預演。

如果每種情緒都有相對應的音階，那這棟體育館內的災後，又該發出何種聲音？不是失去阿姆的個人哀痛，災厄已輻射到每個人的身心，而她對此經驗一無所知。

突然，一股悠揚、遼闊、無邊際的聲音響起，她立即感知到在嘈雜聲音背後的旋律。

留著長髮的外婆，一個人坐在體育館內高起的舞臺區，唇間輕輕哼起歌曲來。陸依蓓對這樣的歌毫無印象，古老又盤旋，宛若是棵千年老樹在風雨中撲簌，葉脈裡充盈著低喃。驀然，她想起母親關芳春曾經對她說過的床邊故事，而今她的懷疑得到證實，那不是故事，而是確實發生在外婆身上的真實事件。怪異的是，外婆的歌藝沒有遺傳給母親。母親喜歡看書，對烹飪、遊樂等卻是一概不通。這點可真奇怪！舅舅、阿姨們亦有這樣的遺傳呀！

外婆的記憶年輪裡，薄薄的管束形成層是否在向外分裂與向內分裂的生長過程裡，藏著那日土石崩落解體的聲響？唯獨親身經驗才能體會的恐懼，應該也不會真正離開，否則她就不會哼唱這麼古老的旋律，穿過人工製造的城市，抵達或離開都成為謎團。

流傳在家族內的故事具有英雄色彩，陸依蓓對此知之甚詳。然而是夜，她突然驚覺，沒有人問過外婆，至少她沒問——山村居住的生活長什麼樣子？年少時外婆下了山，而若家園還在，外婆會選擇逃離她曾厭煩的村莊，義無反顧地下山嗎？

她不認為自身能總結出真正的答案，於是靜靜地陪在外婆身旁，摟住臂膀，感受徐緩、嘹亮而沉穩細膩的震動，從胸膛與聲帶流竄、擊震。

茜姨身軀抖動了一下，陸依蓓知曉一切盡毀的乾枯感，阿姆離開時，她也幾度成了藤壺，連附著的能力都沒有。這回，意外撞見大樓震倒，她忍住驚駭，下意識救人，漂流在幸運與不幸之間，回到記憶閃逝的刺痛點上，意味著：她可以選擇了。

不久的將來，在MNN系統全面影響人類生活的當口，陸依蓓會更加懷念現在這種程度的無力可施——以脆弱包裹自己，還能選擇以弱示人。

11 寓居

麥雅文在救護車到來之前，他就離開了。

他暫住的那棟住商混合大樓在疏散、救出住民後，大型機具進駐剷平，一方畸零空地成為都市中異常鮮明的存在，建築群裡的括號。他凝望這殘酷的空白後，便孑然一身地離去。

按理說他不該亂跑，尤其他未獲正式居留資格。災難過後，他需要的是外援，而非賭徒式的逃離。

然而這段期間以青年旅館為島的直覺告訴他，該走了。

・・・。●

當初他走進位居於這棟住商混合大廈的青年旅館，看向重新拉皮的房間，其意圖營造粉色雅致感的內裝卻還不令人反感。問了長住一個月的費用，有優惠，供應早餐和茶包。他瞄了瞄櫃臺人員，聽著對方內建的千篇一律，住了下來。

收費低廉且住客少，以致一人住在六人房如同單人。不過或許是來客率低，整間青旅最常見的便是無精打采來替換吐司果醬等簡易早餐的廚工、與推著亂疊被套枕套的橘色大箱的房務人員，麥雅文不敢煩擾，維持最低限度的生活路徑，直到某天房務問他要不要更換枕套跟被套。

「我自己來就可以了。」麥雅文抓住洗得漿白的布料一角。

「這是我負責的事，你去旁邊坐。」終究還是專業的熟稔，帶著些微清潔劑氣息的床鋪沒多久便重回懷抱。

帶著節制的一致性，喚起他所能聯想的頓號，在一個地點和下一個地點間順利抽換的方式，便是這種趨近於雷同的潔淨感。旅館或任何類似旅館的存在都是寄寓之所，暫居之地——方寸空間也務求乾淨，其餘有關動線設計、衛浴設備、床鋪軟硬、桌椅高度等組成一道風景——人工施力的痕跡冷淡疏離，麥雅文深知自己能夠夜裡安睡是賴於此。

直到第一座庇護所倒塌。

後續幾週，麥雅文輾轉整座城市裡的青旅，上岸又離岸，餘震宛若不請自來之客，搖晃著孤居異鄉的心。斷層從夢境底層搖篩他，好夢霎時粉碎，將他從乾淨無塵的樂園扯落，懵然於幻真之間。

煩躁驅使麥雅文清醒，他下意識搜集各區救災進度，樓房、路面或自然景觀在地表上陷落崩離的樣貌，物象的壞毀一波波襲近，恆星走向白矮星，為了避免塌縮而層層焚燒，氫燒成氦，氦燒成碳，碳和氦燒到變成氧，氧燒成矽，而矽最終會融合成鐵，進程愈燒愈快。氫到氦的時間感與短短幾日矽成鐵是兩件事，地震發生前的歷經數年、數十年漫長攢積能量，一旦迸發，毀天滅地僅需片晌。

過往在銀行工作的經驗使他明瞭，任何事多半這般拋物線式，指數型般發生；洞察先機他自然會，只是總有不肯、不甘而教顯而易見的選擇轉了彎。

幾年前，舉凡街頭相識黑衣黑傘，是友，卻不知是誰，僅能從聲腔大致分辨年紀與性別。然而，煙硝瀰漫的刺鼻煙霧，夾雜著大批民眾躲避追擊的聲響中，直覺牽引了受困者辨識彼此，相互掩護。當他經歷震盪般的嘔吐時，塞進視線最近距離的那瓶水，他只會毫不猶豫地握在手心；他也會盡其所能穩住任何一個落單的惶恐眼神，判斷應該把對方送到相對安全的位置，而後又回到街頭——即使站出來舉牌遊街抗議的人群愈來愈多，恐懼氣味仍遲遲不散，濃郁到使人致鬱。他曾在科學期刊見過一個說法，恐懼和厭惡這類情緒能通過氣味在不同人之間傳染；可是，既然大家能忍住驚怕，那麼他便相信這之中有無數人卸除了害怕出門與社交的屏障；因此，即便他下意識想閃躲氣味麕集的場合，但這完全阻卻不了他一次次上街，彷彿誓言與所有引發痛苦的元素抗爭到底。

彼時生活最重要的主線漸漸落定街頭，麥雅文以秒為計，不時滑進匿名群組裡觀察事態，一逮住機會便到地鐵票口閘送零錢、送防毒裝備、送各種各樣的物資，至於工作退到最底線時，工作便也捨棄了他。

錢的交會流通，確保精準無誤是他身為銀行業一分子該做的。天平這端的他，一路擠過競爭壓力換得累積籌碼的才能；另一端的他，被以戰興戰的暴行輾壓身而為人的信心。

他的同事或上級究竟在想些什麼，他並不關心。不過一波波惡浪到來，他懷疑穿梭在虛擬或實體貨幣生產線，筆挺套裝下的每個人，是否流失了某些記憶？

正確與高效的能耐已經無法解釋一切時，他已不能假裝不受外界戰爭般的局勢影響。

當絕望感澈底襲來，本能不再被恐懼壓制。他身在其中，清楚周遭充斥了與他同類的陌生人，各自以信念織網，暗地連通，互為經緯，只要願意，隱形的血脈會在劇烈的行動裡長成。於是，他不吝於證明自己已捨棄某端天平，經常發訊到加密群組裡，在全然匿名的狀態下，無論是誰的應和，都能為下一次上街頭提供柴薪。

瀕臨戰爭邊緣的抗爭行動，每日均為疲憊加乘的總和。麥雅文和曾經的女友小咪，約會日常變成鍛鍊基礎醫護能力，紗布換新了幾輪，生理食鹽水淋過灼傷過的皮膚，對於此份痛覺，他希望沉默以對。一切並沒有那麼容易痊癒。

偶爾他質疑，自己真的能夠稱得上是他們之中的一員嗎？

麥雅文其實沒辦法準確攫住這個問題本身，以致難以回應任何可能鬆動問題的問句。他時常在退下戰場找掩護時，懷疑自身的判斷。警力和武裝設備，能夠擴充得多大？這是個危險謎團。知曉了，並不能增加全身而退的機會，更何況每一種武器皆有未知的風險，人所能行使的暴力是不是會上升到沒有終點？每天的情況就如同踩在隨時會改變方向的俄羅斯方塊上，一瞬摔落瓦解，或是此局硬是提前告終，皆有可能。

「你為什麼要這麼想？」小咪不解。「根本不會有人能夠預測警方的行動。就算不是惡警，他們也可以指使其他勢力來攻擊。」她晃了晃傷疤，她是地鐵站無差別攻擊的受害者之一。麥雅文知道那怎麼來的，下意識舉起手來保護頭所留下疤痕如長吻鱷。

那次麥雅文趕去找小咪，發現傷勢後，幾乎快把整罐碘酒都倒在她臂上了。他用紗布盡可能放輕地壓住傷口，好不容易止住血，他們才並坐著，認真考慮該不該上醫院把手臂上的傷縫好。出於這種經驗，他的嗅覺裡已習於房內充斥碘酒氣味、紗布、止血帶或任何能消炎的醫療用品。

說穿了，他跟小咪就是彼此的磷脂雙分子層，阻止有害物質進入。他們這樣的人物如此單薄，猶如厚度只有數奈米的生物膜，由某個角度來看，他們只是銳武裝甲車間，一張薄透的屏障。

然而，小咪提醒他，所有的手足跟手足之間都是磷脂雙分子層。

麥雅文會從這種極度科學的說法中，得到肯認的力量。他會因此試著對自己解釋，對呀，他們懂得轉運離子，Be water 聚積能量，引出聲波炮和催淚彈讓國際媒體拍攝，又能死裡逃生，守住維生的距離。

・・・。●

在街頭久了，嗅覺會帶著他去到對的方向。刺鼻而灼人的氣味分子會沾附在所有物體上，包含人的皮膚。只要曾經聞過那味道，鼻管內的絨毛和嗅覺受器作用過，就不可能遺忘。

匿名群組中的大家總是互相安慰，無大臺，隨時都有機會再回街頭。

是啊，回去。還得再回去才行。有段時間他愈是這麼寬慰自己，愈是想走到一個岔路，提前離開。

他嘗試尋找不那麼注定的氣息，街道上仍舊飄逸的燒鴨味逗引著飢腸，煲仔飯易使人想起抓起鍋蓋蓋住催淚彈的反射動作，魚蛋一般的雙瞳蘸了辣油。他動用感官的全部記憶，好取代悲傷不快。有點效果，不過那得近乎自我催眠狀態。他不能說不成功，至少他想念安全坐在任何一攤大排檔吃東西，跟朋友瞎扯的樂趣。在他童年或青少年時期，自由的版圖很大。但他的爸媽不這麼想，他吵到最後亦無力扭轉。多數媒體新聞評論他們在街頭的事，譴責為多，認定是他們打壞秩序，牽扯其他無辜市民。

他願意溝通說明，他也相信願意走上街頭的人，起初跟他懷有相同的耐心。只是，他期盼的平臺從來沒出現過，且不知從何開始，只能分作兩邊。占盡武力優勢的那方，一再升級對立程度，不惜以彈藥為發言權，彷彿必須先下狠手，才能製造壓倒性的勝利。他從這套虛偽的自圓其說裡逃脫，安全順利地離開了他們追捕的視線。

自熟悉的家土離索而去，本想在異鄉重整；然而現在的他可算是身無長物了——日常生活所需的纜繩，全都脫鉤震垮，視為垃圾殘骸，整頓一空，包含斑龜安安。

安安是青年旅館養在一隅的寵物，只有他喜歡盯著牠攀爬到高出水面的平臺，待在由石塊和浮木組成的人工陸地上，晒著加溫燈，一動也不動，彷彿任何聲音都影響不了牠。

「這隻叫安安，牠養在這邊兩、三年了吧。」櫃臺突然冒出聲音，「本來不打算養烏龜的，但朋友突然過世，我去幫忙整理的時候就看到了，總不能隨便放生！想來想去，就寄養在我這。」

看起來永遠睡眠不足、僅除了第一次登記入住時跟他講過話的那張臉，有可能是老闆。

「養烏龜不錯啊，牠很安靜。」

「沒有聲帶囉，當然安靜。可是你知道吧，牠的視力比我們人都要好，只是空間感不足，所以最怕讓牠亂爬，爬出水缸，失去重心掉落地面。」老闆拿出一個器皿，原先泡在水裡的烏龜感知到氣味，登陸到假造的平臺上。

「你要不要餵看看？」麥雅文看著老闆把烏龜輕輕捏著抓起，放到白色托盤上。牠狀似饞得很，於是他便試著夾了一點花椰菜和紅蘿蔔絲給牠。牠用前爪抵住，嘴巴接著撕碎眼前草葉，「蘿蔔、芥菜、茄子、高麗菜、南瓜，安安都喜歡。喔，對啦，牠也需要龜糧，只吃青菜，牠會缺鈣。」

老闆吐露語言的方式是典型的南部人。島嶼北回歸線以南迥異於麥雅文生長的環境，日照充足的時間多，人似乎也因顯得放鬆，閒暇的餘裕慢慢撐開，連他都變得期待攤商的搭話。日光晒出更多時間，麥雅文感覺自己終於可以稍歇，足以轉替過緊的發條，讓它一圈圈轉回到某個起始點。

崩落之前存在的那個點嗎？

麥雅文憶起大學時期交換結束、即將回故鄉的自己沒事仍喜愛到各處公園繞，俯瞰一窪池塘裡鯉魚穿梭。目光再朝上偏移，烏龜一族爬上假山晒太陽。牠們仰頭享受日光浴的模樣讓麥雅文莫名羨慕，光是晒太陽就能這麼幸福嗎？

已經吃飽回巢穴的斑龜，略深的龜殼像幾可亂真布滿青苔的假山，搭配四腳輕輕撥水的姿態，極其逗趣。

「等你跟安安熟了之後，牠還會自己爬過來找你咧！這傢伙不怕生的。」老闆邊說邊檢查濾水器，「我跟你說，養烏龜要留意水質，斑龜吃喝拉撒都在水裡，水乾淨牠才不會生病。陽光可以幫牠提高體溫兼殺菌，所以如果天氣不好，就得幫忙開照明。」

老闆喊一聲哎呀，扯下帽子，「——不好意思，因為你每天都出現，所以不知不覺就把你當作逛水族館的顧客一樣。以前我們這附近開了不少自家經營的。很多人家裡都會養個鬥魚什麼的，很便宜，門檻又低，只是後來養的人變少，那些店家都不知倒閉收哪去了。」他指著窗外，「那片就是你現在看到的新大樓。」

麥雅文認得筆直聳入天際的大樓，他外出經過的廣告看板和布幕打上了的〇〇〇萬起，令他難以想像過去這一帶仍飼養販賣著一缸缸各色觀賞用魚種。他自幼沒有機會養過動物，現在反倒在異鄉意外獲得照顧動物的機會。他記得自己的承諾，「我會幫忙照顧安安的。」

如今回想，麥雅文忒感失落。他知道斑龜的空間知覺不好，而他卻不慎在那場強震下鬆開了手。

他明知龜殼是脆弱的，看似堅硬的部分，其實光靠著撫觸，就能讓烏龜慢慢熟悉飼養者。因為他就是在勤加照顧的過程中，慢慢得知安安認識他的過程。

他發現，若是讓牠在地上爬行，牠會興奮地爬上他的腳背，那是一隻斑龜所能貼近人類最大的主動能力。

「嗨，安安，你想吃東西嗎？」他養成自顧自說話的習慣，縱使知道斑龜聽力有限，但他相信，安安能夠理解他的問句。

源自一個微小的動作、氣味的流露，非語言的歸納與總結，有時比語言實用。

那是一道閃現的直覺。

唯一慶幸的是他曾幫安安拍下照片，臣服在睡意下的、優游於水面的，或是他嚮往的，烏龜趴在岸上的日光浴。成長至今，幼年跟公公婆婆，再後來找阿姑，除此就是幾個夾在課業中的體育課，此外他已澈底遠離了晒在後頸暖洋洋的感受。

如果他是安安，只須晒太陽鞏固鈣質，龜殼龜腹就能強壯堅硬，他只需要做這些就可以了。相應的代價，或許是仍有那麼一天發現龜殼並不堅實，在重力加速度作用下，一顆棒球或一支鐵槌都有機會造成破損，讓牠露出最脆弱的身體。

過去一年，他接觸最多的是夜裡令人刺痛的焰火，扎瞎雙目的汽油彈。身穿黑服、撐黑傘，只為抵擋這種暴力的光。當黑傘被折斷或黑服撕毀，露出的血跡，神經揪緊的痛楚，影影幢幢地預告生命危險。

所以即便離開，他仍不敢輕易聯繫過往，唯恐為誰帶來隱形的威脅。想到這裡，麥雅文感到異常疲憊。

活得再久一點，等到未來的他會這麼解釋：即便 MNN 公司號稱記憶足以無限期保存，然而卻不能夠替他判斷，哪些其實是他想遠離的。

12 起源

人還在母親子宮裡，羊水滋養到三十週左右，記憶之鑰便打開了。擁有記憶的第一個階段，甚至尚未呱呱墜地。記憶的泉源從臍帶開始，隔著肚皮感知的一切，早已納入名為「我記得」的抽屜。

嬰兒以每秒形成七百個神經連結的速度接收訊號，然而，遺忘曲線也陡得驚人，一小時內遺忘一半，一個月已剩兩成。科學家指出，陡降趨勢和遺忘軌跡是因為尚未發展完整的海馬體，限制了記憶的能力。

說起兒時，無論該視為冷調或暖調——記憶碎片彷彿瀰漾在某個遙遠的時空。它通常被多次重複述說，從一個人的小時候，變成父母或家中長輩不厭其煩地——你小時候，老是——一再按下重播鍵，一再刷新此頁面，有些事件於是變得格外清晰。

A國總理近日想起爺爺在世時，特別愛說他的童年往事，用針刺破同學腳踏車輪胎、丟棒球砸破有錢人家的玻璃，爺爺總稱它是事實，而且不吝在客人面前提起這種讓人感覺丟臉的往事。

他就是這樣的孩子。每當爺爺笑呵呵下結論時，童年時的他從羞恥到憤怒。他會當著爺爺跟客人的面，扭頭就走，大力關上門。他記得這會換來門外更肆無忌憚的笑聲，透過門縫聽得出來，來客會添油加醋，就好比他的童年是大人們的飯後點心。

這種堆疊情節的方式，令他對於何謂回憶感到陌生。他明白即使長大成人，回憶隨時光消散，再正常不過。只是，他的記憶不完全在自己身上，有如真菌需要藻類行光合作用，其外殼才能鞏固，葉狀的形體有著軍校的訓練痕跡，枝狀的部分則有賴創業的企圖心。

相較他人來說，他自認是地衣般的存在，在荒蕪地帶充當先驅，分解石塊為土壤，偵測空氣品質，以一種堅韌又多變的方式，成為黨不可或缺的先鋒。

他被新聞媒體評論為抱持模稜兩可的通吃姿態，描述的語意開始變化——變色龍、綠鬣蜥、蟑螂，有記者還形容他是滅絕類的長毛象？A國總理近期老是被這類說法激怒。他聽得見幕僚竊竊私語，跟醫療團隊拿捏是否要推薦他去緩解更年期症狀。

可是，他不是！他到底要怎麼做才足以佐證？

他想起爺爺。某一年急轉直下的他被送進急診室，後轉加護病房，最終回到日常生活。看似順利，可是終歸一句沒有起色，倒是陷入無限螺旋裡，不斷向下。觸底的瞬間，他便知道爺爺回不來了。A國總理知道自己得承認醫療的極限。

地球的存在是奇蹟，所有曾經存在或消亡、滅絕的生物，都平等地享受過它給予的機會，尤其是人類。靈長類擅長創造所謂的奇蹟，但也一邊搭建，一邊遺落更多。

對A國總理來說，不管是誰站在這個位置，能攔截、布局或摧毀的事情太多了。他的命令不只是他，而是這個位置經年累月而來的權威，使他與領袖一詞疊合。

總理。總理。這個詞稱呼久了，他看著鏡子裡的臉，偶爾會產生迷惑。他認得這張逐漸衰老的臉，可是驟然瞥見自己框在某張合影中的臉，那股異樣之情揮之不去。梳得整齊的黑髮（實際上是泛白亂髮）、西裝筆挺略顯單調（他最喜歡的戶外休閒風外套不知幾年沒穿了）、尚稱精神抖擻的臉（不知諮詢過多少專科醫師），他感覺牙齒、皮膚乃至裝扮，無一不摻雜外力。對任何上位者來說，形象管理格外重要，他不否認，只是從外到內一層層脫卸到底，他甚至遲疑腦中所記得的，早已有各方意見及勢力侵膚。

無數討論的詞目跟標題都與他有關。

標題可能是這樣寫的：MNN計畫源頭起於A國總理。

這樣的描述無關正確。A國總理不禁低咒，該死。更糟糕的是，他其實記得其中的一部分，然而那一部分不等於後來。

他可以切割開來描述，但那不是大眾的口味。況且，以他身分行動的一切，皆是手筆。平常的他，藉此省去不少注意力，得以專注在更重要的決策上；情急狀態下，若有人為他畫蛇添足，抑或狐假虎威，他便拒絕不得。

某次談判後，總理專機舒適的躺椅讓他差點進入假寐。猛然驚醒，方才在談判桌上的宣稱，他所射出的說詞，瞄準了不存在的對象，以及未受邀的成員。他猛烈的措詞，一度讓盟友露出得色，他照著劇本來，愈說，語調愈符合他向來的人設。總理不等於他，他比總理這職稱多更多，但服膺其職，讓他返國時受到本國民眾夾道熱情歡呼。

若他想讓某些發言者閉嘴：要不就是完全不通知對方，要不利用盟友的多數來製造局面。卑怯又暴躁，才是他的一貫性。

故事永遠可以重新述說。不過，在A國總理看來，此事的開端如此平常——

一日晨起，他為了馬上打起精神，此前已倒了杯咖啡，端著走到專屬的運動健身室。一如往常，他踏上跑步機，準備一趟工作前的儀式。按下啟動鍵之際，他微微感覺到身體緊繃度有些許異常，他評估為前幾日搭機的時差影響。因此，啜飲幾口咖啡，站上跑步機，雙腿開始規律的作用。

如常，跑動的力量不減，於是他放心加速。在他還來不及辨識的猝然之間，他下半身失去氣力，就這麼隨著運行的履帶拖倒在地。

健身室的影像即時傳送到保全監控畫面，不一會兒，荷槍實彈的警衛搶先抵達總理所在之處，那時醫師正對趴倒在地的總理進行檢測，迅速送醫。與此同時，A國總理的太太跟小孩抵達醫院，聽著醫療團隊解說。

撇除本就監測的數據，接受電腦斷層和磁振造影掃瞄檢查的總統，再被安排透過正子磁振造影（PET-MRI）和特定顯影藥劑來評估腦部功能性的變化。

躺在床上的A國總理仍舊意識不清。

醫師團隊看過所有數據後，得出結論：總理罹患了失憶症。總理太太差點暈厥，以致她沒聽到後續：總理的失憶症不同於阿茲海默症，這類型應有機會可以逆轉。

為了證實這個假設，幾日後，醫師團隊向A國總理太太提議啟動一則實驗方案：「我們預計從嗅覺來做測試，嗅覺分子與氣味受體形狀互補，恰好可以嵌合。您可以想像鎖與鑰匙，嗅覺受體神經和氣味分子結合就像是鑰匙插進了鑰匙孔，進而得以傳導訊息。」

A國總理簽署的文件上顯示，為了避開各種疾病風險，他早早加入一項醫療保密計畫。數年前全球大疫流行期間，總理便異常執著於健康，開始杜絕糖、精緻澱粉、垃圾食品、油炸食品、高度加工食品，極其忙碌的行程也必定安排力量訓練和有氧運動，定期睡眠監測和健檢次數亦不少。他不僅這麼做，每過一年，他的標準就益趨嚴格。他的幕僚已經觀察到，A國總理到各單位訪視，握手、拍照之餘，面對各色呈獻在面前、需要吃下肚的食物，他都有辦法悄悄含著，再吐在白手帕上，佯裝擦嘴。

總理太太有時跟著出席，她也不免留意到在鎂光燈下的總理，笑得特別自得，神情簡直是希望有媒體發現他的外貌和肌膚返老回春。

然而，她愈是感受到丈夫堅持的決心，愈生出一抹不安，她不能預測，若有日他不再健康，那他會如何？

現在看來，某個部分而言是白擔心了，至少他的醫療團隊面對總理身體異樣反應相當快。

「為什麼是嗅覺？」總理太太不解地問。

「以人類為例，分布在鼻腔頂端二至四平方公分的嗅覺上皮，能承接三百多種嗅覺受體，辨識超過一萬種不同氣味的能力。所以，我們認為有機會透過嗅覺，幫助總理找回記憶的能力。」醫療團隊的負責人 Ken 說。

「你們預計花多久時間？」

「其實人類嗅覺仍有許多科學無法觸及的層面，上述跟您提到的還只是傳統的說法，現在我們傾向嗅覺訊號是由震動導致——量子物理中，電子、質子等粒子具有機率波的特性，可以從一處消失，另一處出現，跳過沒有直接接觸的『縫隙』。這種電子運動會發出送往腦部的嗅覺訊號，」他頓了一下，「這好比揮動門禁卡片，而非一把能夠符合門鎖形狀的鑰匙。所以，我們盡力為總理找到能夠喚醒他記憶路徑的各種門禁卡。」

「找不到……會怎麼樣？」

「依據目前團隊研究，無法百分百預測結果，不過，我們認為找到門禁卡的機會更大。」Ken 身後的醫師們紛紛點頭，讓總理太太勉強相信了。

這時，後頭一位女醫師開口：「即便解開了，後續還有機會重新組合。您先列出幾項總理一定熟悉的味道，也包含總理的孩子、好友、隨扈等，每個人極盡可能挖掘總理的過往，企圖給予定義。關於總理的一切，祕密不再絕對重要，他的記憶組成才是更關鍵的。」

A國總理的決策權暫時交給副總理。如果他本人還清醒，他會感到迷幻的是，他的隱私將攤在一部分人面前，所有相關人等將會沿著表皮，真皮，皮下組織，摘取不同細胞做成切片，捕捉其日常生活中空氣瀰漫的氣味類別，話語之間的氣氛，解剖的行為藝術。

負責檔案記錄的文官手邊運用MAH平臺，整合AI健檢工具，即時分析檢查項目的影像數據，生成病歷文件。醫療團隊運用的是領先全球的運算軟體公司Nebula，他們長年透過AI引導的分子探索和先導藥物，生成、搜尋和模擬具備數千億種化合物的資料庫Bio AI 6.0。加速藥物探索的分子設計平臺能夠在生物技術領域和製藥上，符合醫師和科學家的需求，產生最佳分子組合。

醫療團隊利用研究所得，推估腦部特定區域可能需要的刺激，再搭配觸發A國總理記憶的相關動作，讓各式電波輪番上場。這部分工作如同古早時代的人類妄圖推估一座星雲在光年之外的死亡，所有可能的觸角只能引伸，而非定義。

‧‧‧。●

A國總理除了睡覺，四周總是有人跟他說話，他睜眼所見，初階機器人和身著白袍的身影來來去去。他位處所有橋樑的中心，朝四周散射的是串流不息的資訊，有些掠過腦門，他能感知到一股刺激，爾後抵達底端。有時他意識到自體內深處迸發不由自主的觸電感，神經叢宛若在白紙上悄悄畫上一筆，他卻還不完全是執筆人。

就總理太太的視角，她眼看著丈夫像是摔下高速列車般，所有的習以為常一概被畫除。她盡量保持鎮定，說服自己這只是暫時方案。試營運那般，生疏、焦慮、隨時有應付不來的事件，宛若回到年輕時初出茅廬。

只是少了興奮感。

總理太太隔著餐桌，凝視總理佩戴 iCanBrain，邊進食用餐。那個如同髮帶樣式的玩意是腦活力感知器，它會隨著總理進食時的厭惡或喜愛而變換燈光。

她看著他，截然不同於公眾場合的形象——粗框老花眼鏡，棉質休閒服，只要沒有造型師處理就懶得梳開的頭髮——確實不常見，尤其失去記憶的模樣，雙眼失焦，整個人宛若抽乾了精氣，老去的肯尼。

這副老去的軀體，頭上五花八門的色彩燈隨著他用餐完畢而暫時消退。緊接著，他會被安排一場午睡。在受監測的情況下小憩，醫療團隊會以號稱最先進的訊息傳遞神經網路（MPNN）機器學習模型，比對透過飲食所觸發的氣味標籤，是否能跟資料庫中上千筆已經建立好的氣味資料相關。總理太太聽不甚明白，什麼是優化演算法、什麼又是超參數，她僅能從 Ken 前方的儀器面板上看到幾個模糊的區塊，灑落在畫紙上的水彩色塊，一攤從屋頂洩漏的水漬。

「這是我們建立腦部訓練方案的方式，請放心，很快就能讓總理進入訓練行程。」或許是她的神情太嚴肅，一位隨側的女醫師主動解釋道。

醫療團隊喚醒總理之後，接著由教練和復健師接手。

A國總理過去向來以明快判斷繁雜事務的形象著稱。為了維持這樣的形象，他過得自律、節約又高效，即使他暫時變成另外一種人也不例外。

各種運動專項教練在多次會議中已達成共識，他們必須為總理找回重要的拼圖。即便他們無法判斷那究竟有多重要，不過他們依循醫師 Ken 的方針，盡可能將總理的身體逼臨極限。

闕漏了某些記憶，卻不是阿茲海默症，這樣的大腦、神經系統和肉身能夠統合起來嗎？總理太太看著陪伴在總理身邊的教練耐心十足，放慢速度讓總理拉伸，有時是皮拉提斯，有時是身體功能訓練課。偶爾能隔著落地玻璃看到在跑步機上狂奔喘氣的樣子，跟以往暢快身姿頗為不同。總理確實是老了，一切行動成為只能按鍵、反應、按鍵、再反應的存在。

可是，對這棟豪華別墅而言，人來人往掀起的音浪，壓低沉落的詞語，在空懸挑高的空間裡迴盪，屋子彷彿有了生氣。這麼多年來，隨著職務變動，總理住處愈換愈大，到頭來，接待賓客的空間增多了，可孩子們卻漸漸不常回家，空曠處的落地玻璃，映照出孤獨且靜止的人影。有陣子，總理太太索性也不回家了，她填滿的行程堪比總理，堆砌的小事件超出某個極限、失速崩落的碎片疊加到另一塊，即使是午夜時分，亦未曾停止崩解。

總理太太心中有一股感覺，現在的她就是洞穴的守護者，她必須保護因某個未知原因負傷，得重回巢穴舔拭身體的家人。

她親自整理園圃，撥動土壤，修剪多餘的枝椏，摘採飽含露水的花葉，擺到餐桌，讓空氣中縈繞氣味。

戴著黑色細框眼鏡的 Ken，每日都會自各種氣息和訓練交織的圖景鑽出，他的模樣愈來愈像一心栽進研究的昆蟲學家，或是考古某個滅絕物種的成員，過瘦的身體罩著衣衫，聰明但有一絲虛弱。總理太太曉得 Ken 能夠順利拿到醫學博士學位，是靠著總理名下一個基金會的獎學金贊助；然而她沒想過，這種對他們而言微不足道的資助付出，竟換得意想不到的結果。

說起來，Ken 比起他倆的兒女都來得積極。家族成員排列的照片牆——學步時期、第一次長得比爸媽更高、入學後加入的校隊……照片中的合影處處，行走其間，寄生的情緒在不同季節裡輪番出沒。明知皆是虛影幻覺，總理太太卻益發能感應到，一轉身就能與之搭話的可能。

這是不可能的。

總理太太的瞳孔接受了光，光投影在她的腦海，她的感知距離接近無限，彷彿與孩子們所有成長的歷程同在。投入訓練復健的總理，他的年輕前身與現在，也形成了疊影。她想起他們第一次出遊時，苦等一整夜卻只等到滿天雲霧。沙漠峽谷罕有視線不佳的情況，而這就被他倆遇見了。他準備的帳篷跟睡袋比想像中單薄，他們只能依偎緊靠。彼此鼻息相通，呼出的水氣在眼前隨即飄散。

她必須慶幸，現在的總理沒讓他人看出來，他正身陷一場疾病風暴。上一場面對公眾的場合，是 Ken 帶領醫療團隊跟幕僚們精心排練所撐出的結果。總理必須戴著隱形的通話系統，以便應對隨時可能的突發狀況。

認知功能訓練遊戲有效嗎？外側大腦前額皮質活性真的有作用嗎？

人類的大腦至今仍有無法探究的部分，總理太太有時甚至不知道該向醫療團隊問些什麼，她迷茫著好轉跡象為什麼能從辨別茉莉花香和百合花香開始？她亦疑惑總理跟一臺機器人下棋的作用？不過，而今唯一的不同是，每當夜深，醫師、復健師和幕僚都離去的時刻，她能見到落地窗旁，自己與頭戴器械的總理雙雙出現的虛影。

那既非真正的影子，也不能實際觸碰。總理太太環顧四周的家庭照，感受不存在的存在。她必須堅信總理的記憶能恢復，那一定存在。

13 真假實驗

Ken 幾乎能確定，他跟團隊一起建立的氣味圖神經網路，歷經多年對非規則資料提取特徵，氣味特徵模擬已近完成。

A國總理突如其來喪失記憶，讓他決心藉由氣味獨特的能力，解鎖已然遺忘但卻飽含情感的回憶。氣味圖神經網路系統，餵養出能對氣味產生極細緻分辨力的功能，依據雅可比矩陣（Jacobian matrix）計算，運用機器學習，創建出深度神經網絡，數據將驅動並反映氣味特徵，進而再現該氣味感知的結構。

它能區辨氣味的能力將遠遠超越人類，甚至大有機會重塑人的記憶、認知、情緒與行為。關於後者，Ken 評估當前還不能及，他所希望的是這套分子結構和分子氣味相對應的圖譜，在交叉驗證下，能一步步最佳化。

相較於能運用波長研究視覺功能、以頻率研究聽覺，他的前輩與同事早就潛入最深的領域。他不能否認，刺激視覺和聽覺對於記憶亦有幫助，可是對於未解的新病症，這些研究夠用嗎？新的病毒是否可能如數年前的新冠病毒重創人類？

他從未將這項假設告知任何人，他習慣實事求是，默默攀走於某項主題的路徑，無論有多險多難，他都有把握跟它抗衡到底。這孤絕長遠的路途，他不減熱愛，才能年紀輕輕便發表了絕無僅有的論文。論文所得與一般大眾距離甚遠，即使是爆炸性的研究，落實到日常也曠日廢時。

遙若星辰之事，即便真實存有，卻因為太過遙遠而顯得無足輕重。

因此，總理突然患病一事，倒給了他機會，他可以證明自己的研究足以超越時代，能為人類帶來福祉。

身為跳級生，年紀輕輕就獲得專門資助天才的獎學金，他萬事具備，只欠一位長腿叔叔。這位總理恰好在他正需要栽培時成為他的後盾。現在，他研發的模型、建構的圖譜、組建的團隊，他、流行病學學者、病毒學權威、生物人類學者、認知神經科學專家、遺傳學者、生物化學、行為科學、計算生物學，乃至影像處理、機械工程和光電工程，他第一次翻看團隊名稱時，兀自靜默。他以為自己見到奇觀，猶如九星連珠，行星在太陽同一側聚集的天文事件，就這麼發生在命運之中。

就地球的觀察者看來，幾顆行星在天空中排成一行，災厄或天文奇景等萬般詮釋都出籠。不過 Ken 明白，並非所有人都對難得一見的現象感到好奇，即使一種天文現象幾千年方可見一次，抑或某項疾病的罹患率占全體 0.0001%，對於這些一概不感興趣、不予理會的人多的是。

最令他意想不到的是總理找上他。在他接獲任務之前，全然不曉得有項未知而可能傳染的病症，正令總理及他的家人受苦。

Ken 讓總理快速進入治療和復健的階段，他敏捷又睿智地排除部分原因，他手握治療方針，有如沿著山路蜿蜒勻速下滑的過山車。他跟團隊一起坐在沒有遮棚和鐵架保護的車內，其後方載著手握最大權柄之一的總理，他的眼神乍看無異；然而，Ken 跟團隊每開一次會，便愈能判斷映入他眼簾的事物是否觸動了他什麼？每場由程式設計編碼的認知型遊戲，都該計算總理闖關過關的機率。至於觸發嗅覺，嘗試勾出總理熟悉的氣息，那些舊有記憶將重新卡榫。腦神經科學家和病毒學家，前者對大腦保持樂觀，後者則懷疑這是否為自導自演的人類毀滅進行式？

無論是實驗室管理不當外洩出的、或者是人類智力無法解釋的一場演化變異，偶然從數據資料堆抬頭的 Ken 意識到，他正冒險做一場試驗，而他必須在總理恢復之前，盡一切努力協助他。

Ken 建議總理幕僚對外宣稱，總理因身體不適，僅能參與線上會議。他和醫療團隊討論後，認為真人演出風險太大，況且在原因未明之前，舟車勞頓只怕會影響更多變因。因此，自上次會議以來，各國峰會或協議，若非線上會議，要不就是副總理代表。

不多久，各國元首們嗅出一絲不對勁。對血腥味敏感的鯊魚們很快出動駭客和祕密探員，各國情資部門所彙整的情報，為第一隻鯊魚提供的資訊是：A國總理疑似罹患失憶症。第二隻鯊魚乃至成群鯊魚，以奈米般的傳輸速度，也接收了這樣的資訊。

撇除A國總理，其餘世界政治板塊開始急遽變動。各國間召開緊急會議，在馬拉松式的會議討論中，囊括了壁壘分明的陣營。原先以A國總理為首的情勢，悄悄轉了彎。

A國開採出的稀土金屬，在這幾任總理手中成為各國覬覦的對象，同時也各自發展提煉技術，有朝一日，這項稀有礦脈成為戰爭的理由也不奇怪。作為現任A國總理，他延續過往總理的強硬作風，限制出口數量，也在關稅策略上讓其他國家毫無競爭力可言。

局勢產生新破口，而A國總理何時回來，他的幕僚們與總理太太都在等著。他們從未對等待一事如此深感興趣。

‧‧‧○●

A國總理結束了他第八百九十一次嗅吸訓練與認知遊戲。數字環繞著他，他被數字背後的人保護著。當數值逐漸向某個象限傾靠，他便慢慢拾回了串接記憶的能力。

他曾批准過某部長的告假，甚至是他親自敦促對方趕緊請假就醫——確診康復後卻頻頻分心，注意力下滑嚴重，屬於無數後遺症之一的腦霧症狀，無法歸咎單一原因，只能多休息。

A國總理不覺得自己隔著毛玻璃看世界。根據他拼湊的最後印象，那簡直毫無徵兆：他既不是情緒激動後的記憶錯亂，在一個問題裡兜轉不開；也沒有澈底丟失記憶，陷入泥沼。

他只是如爬梯般處理日常，能感知到雙腳移動，可是速度愈來愈慢，雙腳即便奔馳起來，也追不上飛速抽去的梯面。他踩不住任何一個穩定的平面，於是，他便被遺落在某個空白之地。

現在，他通過預設考驗，自空白之地凱旋而歸。可是，他暫時不想告白自己的心智變化。他沒有告訴太太、也沒有向 Ken 坦白，他認為若是他們，定然能窺見蛛絲馬跡。觀察需要全身心投注，而最重要的訊號不能單靠絕對的理性。咖啡杯裡加了只有太太才知道的芒果香蜜，飄散出混合了咖啡豆本身和熱帶甜味的氣味，像是那次訪問一系列熱帶國家，在安全會談之後，在飯店等候的太太得意地端給他。他不嗜甜，那次卻勾起了童年時的味蕾，他想起奶奶家院子種植的果樹，只有奶奶才種得出的渾圓飽滿，在酷熱潮悶的暴雨前，摘下快要沁出水來的芭樂，對著淺草綠的表皮咬上一口，齒舌咀嚼攪動之下，乾澀混合濕潤的口感，有股淡淡的甘甜。氣味和味覺的連結，令他又想起剛步入中年時，參加女兒畢業典禮，差點對滿室的花束過敏，連續好幾個噴嚏打斷校長發言，讓臺下的孩子們竊聲發笑。

　　總理慢慢意識到腦中每個畫面之間的通道展開，彼此維繫的絲線不知何時接上了。令亂雲翻滾的氣流減弱，蕪雜、斷裂、毫無秩序的情況如退潮般遠去。

他對指尖膚觸、視線接收的一切重新感到不可思議，一切如舊，可又一切如新。

不過，他並不打算將這所有公開。走到祕密的另一端，以它為面具，躲藏其中，藉機了解各國博弈的真實情況，也是身為A國總理的義務。

Ken和他的團隊現在就是A國的籌碼，雖然他不確定Ken用了什麼方法或多久時間，但這確實有效。

　　話說回來，A國總理對於Ken進行這場實驗的做法不禁也有些氣惱，他趁著自己完全沒料想到的時刻，將實驗中的未完成品施行到自己身上。即便他知曉會發生什麼、也和Ken共議過，可是這種猝不及防的突擊，以後可絕對不能再有。

卡曼病毒的出現，疑似某實驗室刻意所為，A國總理首度聽聞這項情報，便陷入極長的憂慮之中。他聽著機密小組的分析，認知到卡曼病毒具人畜共通傳染的特性，且毫無前兆。報告中顯示，這項研究的成立是某些國家欲掠奪資源所產出的毀滅性病毒。它不真正致命，卻極可能引起紛亂——不能排除世界各國政壇要角、各領域專家或軍方集體失去記憶。

那不是能推估的情勢。造成的損失非關錢財，很可能是一個國家賴以運作、甚至站在人類世界最前方的頂尖大腦。

A國總理跟Ken兩人即將進行的實驗，協議只有他們倆知情。A國總理提前讓副手交接工作，他吐露有限，但他認為副手應該能推敲得出大致輪廓。

「除了我知道，還有誰需要被事前告知？」Ken為了確認，又問了一次。「總理您的太太呢？」

「她還是不知道得好。你看，現在連我也不知道她在哪。你說，我得找什麼時候跟她說？」總理回應。

「記憶恢復到百分之百的可能性……」

「無論怎麼樣，你照計畫來做就是。你不是專精於這個項目多年了？我相信你。」總理看向 Ken，他所知的 Ken 是天才中少數能忍受極大容錯範圍，做事膽大又不偏執之人。

那段時間，A國總理將實驗期的自我交給醫療團隊中的 Ken，事實證明這件事相當冒險，卻成功。

事後，A國總理由 Ken 提供的說明得知，他從未如此專注於生活、嗅聞、吃飯、固定運動、晒太陽，排滿一整天的不是需要燒腦鬥智的談判協商，也無須擠進過多的拜會行程。取消了大量在陸地或天空的交通往返，他幾乎只徘徊於這棟別墅裡。

觀看紀錄的他有點訝異，在這段期間活著的自己，看起來正在經歷著幸福時光。蒙在鼓裡的總理太太心甘情願長時間待在家，他沒想過自己的實驗會帶來這樣意想不到的正面結果。

即便他已然恢復記憶，但鎮日在家中各個空間布置各種薰香、或任何能引發記憶連結的事，便是總理太太的新日常。

失而復得的不只是記憶。A國總理這麼默想，而他不清楚太太是否也有同感？

坐在落地窗前的躺椅上，從窗外日光照著盆栽透進的陰影，使他恍然著迷。

自從決定踏進政治一途，他們夫妻倆極短暫的悠閒感，便是兩人在辦公室裡坐下來好好吃披薩的時刻。辦公室出入著各類旗幟，宣傳或廣告單整整一疊，關於選務的戰略分析討論，或是義工突然急匆匆跑進，表示需要支援，這些都穿插在從未停播的新聞背景音中。太太跟他隨時都要準備從小瞇一會兒的狀態，換上笑容出戰。

這麼多年過去，A國總理幾乎快完全淡忘另一種生活的氣息，他已經在戰鬥中生存太久了，距離那些氣味太過遙遠。

現在的他，周圍乾淨清爽，總是瀰漫一股令人懷念的氣味，時不時引他的思緒漫遊在時間碎片星雲裡。某個已經不生產的刮鬍膏牌子，帶點青草味的嗅覺體驗再次襲來，宛若一顆已經死亡的星辰，幾千光年後，他才能見證它的氣味其實一直保留於腦海。

A國總理滿意這場冒險，他克服了，進而意外給自己放了長假。歷經實驗下的失憶，又在實驗中復原，現在的他踩在人生階梯空白處，暫時什麼都可以不必管。

實驗持續維持著成功狀態。

總理就此悄悄進出於兩種不同身分，已記起的內在，失去記憶的表象。

14 重逢

麥雅文離開那片廢墟已過一段時日。

日常與非日常的一切交錯並行，掀起的草皮，突出的鋼筋，掀翻傾倒的攤商舖，電線桿跛腳，消防車與救護車交織在煙塵四起的路面，但凡所見的，都裂出一道龜紋。

那是建築結構技師要負責的事，他這麼喊，也不知對誰，在後續幾個月裡，餘震或卡車震動聲偶爾會將他自夢中搖醒。睜眼，車燈由遠而近，伴隨毫不在意的呼嘯聲依然持續。他起身，恍然醒悟眼前的花布床罩，半透明帶點砂質感的窗戶玻璃，組合成一個全新的意象。

這是阿姑家。

阿姑主動打給他的時機，正逢家私全毀後的空白時光。

阿姑追問他究竟人在何處？他才想起根本沒向誰報平安。不過，到底得從哪件事開始報平安呢？他於是主動提，想去看望阿姑。

阿姑的聲調果然激動起來，「下午馬上就來！」阿姑下達指令，「就來我們家坐坐，住下來更好。」

電話背景隱約聽見姑丈的嗓門，幼孩時他對此印象深刻。他隔空應好，旋即辦好 check out 手續，搭了車，來到阿姑所住的城市。

出了車站，路面寬闊，車輛在其中亦不壅塞。麥雅文正待舉步，便被一位穿草綠色 POLO 衫外加夾腳拖的計程車司機笑臉相待，「少年仔，你去哪？要不要搭車？」

「不、不用了，我想去找單車。」

「吼——你這外地來的，不知道這邊天氣有多熱膩？你騎單車？騎到都中暑了。來啦，我這臺比較便宜，要去哪？」

他頓時不知該回答哪個，只得結巴入場，「為什麼比較便宜？」

「這臺車等一下我繞去前站那邊，你也知道啊，多一點人一起搭，分擔一下，比較便宜啦！好啦，我幫你行李放這裡喔！」

麥雅文眼見對方已經替他開了後車廂，只得也將自身裝進。

坐在車內，途經一潭，潭邊有一龍一虎張大嘴巴，龍虎之後有高七層的塔樓，雙雙對映，映照在潭面之景，驚詫了一下，「《天邊一朵雲》？」麥雅文知道這錯不了，「那場西瓜的戲……」他在內心忍不住自語，因為他背包裡正放著一本臺灣電影的劇照書。

他翻著，車窗外的景致又移動了，而眼前的那頁是《童年往事》，照片裡透過院落向老屋穿視的多重景窗，將他的魂神帶往另一幀現實裡。以致他無暇顧及不久後上車的女乘客。他維持著不受打擾的姿態，即便閃電抽鞭，雷聲震了一下，他依然沉浸於書頁。直到他猛然留意粗礪灰暗牆面和磚紅牆垛，乾涸的護城河旁綠草青青，遺址般的舊城在雷陣雨中，止滅所有煩躁，某種堅實牢靠的印象，一路護送他彎進環形堡壘般的公寓群。

什麼時候這臺車又只剩他跟司機了？

付了錢，麥雅文對視機械戰甲般俯瞰他的樓，拉著行李的手有些遲疑，只因此處讓他瞬間恍然以為回到家鄉。

理智拉住他，他四處看了又看，才躑躅到某棟電梯前，按下樓層。緩又晃的電梯停下，開了門，門鈴就在眼前，可他遲疑了。

「欸，」某扇門一開，阿姑先看見了他，「你這小子還不進來？待在那幹麼？」阿姑穿著不比從前，樸素不少。姑丈也探出頭來，那老是梳得整齊的油頭變塌了，白絲遍布。

麥雅文空蕩蕩地走進阿姑的家，他全身只有護照、身分證、信用卡、提款卡。

阿姑伸手拍拍他，他則聳聳肩，對許久不見的阿姑咧嘴而笑。

「還笑？怎麼之前沒來看我？你現在住哪？」麥雅文面對連串發問，啞口又笑，心底湧上一股陌生的溫暖。

他伸手就拿了桌上切好的水果和點心，切成片的番鬼荔枝可不常見，他入口輕嚼，發現果肉扎實，一絲酸味中和了甜度。另一盤子盛的，看著是灑滿白芝麻的燒餅，包餡的餅裡頭滿是細碎的翠綠。

「這裡頭是蔥花，他們家用炭烤的，你姑丈最愛吃。這豬肉餡餅是另一家的，他們蔥油餅也好吃。」阿姑口氣像是把他當成還在發育的青少年。

「堂哥堂姊都在北部工作吧？」此趟意料之外的拜訪，他能感受內心一絲緊張。麥雅文想起自己許久沒有問候，尤其是阿姑嫁人生子後的日子，輾轉聽說得多。

他記得阿姑跟姑丈曾帶著堂哥堂姊，新年來訪。那是多久前的記憶了？他們兩家一起到茶餐廳，他獨鍾意那家的法蘭西多士，連弟弟也吵著要再吃一口他手裡那夾著花生醬和奶油的吐司。他記得淋上蜂蜜後的酥脆感，逼人的香氣彷彿隨時浮現。堂哥堂姊精準地夾起燒賣、蝦餃，端坐在椅子上像個小大人，而他和弟弟仍用手抓著甜滋滋的多士，對其他毫不感興趣。

擺滿全桌的熱燙生猛，隨時還能喊推著滿車點心的服務生，再遞來一盤。小盤小蒸籠的豐盛，讓在座的大人們神情放鬆，嚴肅英挺的姑丈還啃著鳳爪。他記得阿姑單手拿著茶盅，轉眼間就倒出茶湯，他好奇那應該相當燙，可是阿姑談笑風生，父親母親也笑得自然。

過了如許年，他仍記得阿姑愛吃的是蓮蓉包，她會捏一小塊給他，要他仔細品嚐甜餡之中的苦味。

「一個在急診室工作，忙到連回來的時間都沒有；另一個嫁去美國，那什麼州啊，一入冬就冰天雪地的，快冷死了，」阿姑叨唸著。「佛蒙特州。」姑丈澆完陽臺盆栽，踅進來補充，「他們想過什麼生活就過什麼生活，我們現在的生活好得很，打個太極拳，時不時參加個短期旅遊，沒什麼好操心的。」

「來，光顧著說話，還沒讓你看房間。你先進來看看，以前這你堂哥住的，現在都當作客房。」麥雅文一下又被阿姑拉進有如蜂巢般的空間。窗外的景色便是這一帶的大樓，鴿舍似的重複感，令眼前景象恍惚重逢過往。

姑丈和阿姑的老年生活確實跟他想的不同，他們不多久便雙雙出門，一個說是要去鄰居那打牌，另一個說要合唱團團練。

麥雅文則趁夜晚來臨，搭上輕軌往燈火璀璨的港灣區。倉庫群外滿布燈飾攤位，不遠處傳來樂音，不少一家老小共遊的畫面，沿途延伸到間歇閃放多彩光束的蟲形場館。倉庫前猶如白色船帆靜靜停泊著大港橋，原先看似連通的橋體，正在眼前緩慢地旋轉，移動的角度直到九十度平行於兩岸才停止。

他聽見周遭響起的快門聲，以及孩子童真的笑聲。

夜色籠罩下，一股輕撫般的寧靜意外地包圍了他，使他想起世界僅有的夜景，自維多利亞港眺望，炫目激光不規則掃射，煙花騰空映照海面，矗立簇擁的高廈樓群，無一處不點燈放光。

這裡不同，足夠的路燈和建築體的照明，映射在粼粼微動的海面，行人慢步調的晃遊、說話，停泊在港埠某處的船隻，透著日用捕魚所殘留的腥味，混合在空氣中。

他不自覺走得離大港橋繁華一帶稍遠了，有時人行磚道，有時大樓，臨港住宅新舊交錯的暗中，餘裕與寬暢的程度比他想得更慷慨。

以前來交換時，他怎麼從未想過要來這？一趟車就搞定的事，他卻沒有起心動念。

他回望，夜間一隻泊於海面的白色海鷗，重新接上的大港橋。

變化或許是這樣的？一點點的位移累積，遂截然不同。這座橋能讓船隻通行時，行人便須在兩岸暫停。他感覺生活和阿姑連結，獲得重新啟航的契機。長達數年之後又接回的通道，原來是這般風景。

・・・○●

時間過得真快。麥雅文已經能感受在此季節，於南臺灣港灣的潮濕空氣下走動，全身很快冒汗。

潑灑大片黃色的行道樹，植物牌上寫著黃花風鈴木。那一株株樹皮上有深刻裂紋，花冠卻呈現風鈴狀的反差感，在一日比一日豔的陽光下，滲透了他。他仰觀幾乎沒有葉片純粹放肆的黃，連看向鐵皮屋違建或櫛次鱗比的招牌，都能悟出蓬勃的意涵。

自從他得知延長旅遊簽證終於批准，能夠以旅客身分留下後，他便向阿姑道別，尋求自身的庇護所，租了間小套房。有了暫時的住處，他潛下心，也找到兼職工作，空閒之餘，他便接案。

當初離開阿姑家，阿姑問他之後有何打算？

他的行李單手就能拿。幾乎所有物什都在地震坍方之下毀去，但心情卻輕鬆起來。他遺留更多在香港老家呢，他想。他亦不想將那些取回了。

「所有事都是沒有定案的，走一步算一步吧。」

他沒跟阿姑說，人的一生太短，現在他想申請永久居留權，說不定一顆彗星撞地球、還是冰山融化淹沒多數陸地，任何事都可能發生或再重來。作為一小島，夾縫生存，他亦不能判斷這片土地是否會被蠶食吞噬，如同他的故鄉。

夜間走在路上散步，他多少能聽見等在街口倒垃圾、在熱炒店輪流乾杯、徒步山徑的場景裡，激烈對決的意見。

再遲鈍也能發現一個國家的國會正在顛覆。

街頭上拿著大聲公、舉著旗幟者，他能感受他們急切的心意，燙人火熱，並非所有人能承受。有些人的心蛀洞了，懷抱不能被發現的恐懼，他猜想這是虛偽的開始，他們會採取極端的手段，遮掩自身欲望，或者顯現冷漠。

他呢？他仍年輕，卻柴薪燒盡。

學安安那樣縮進龜殼般度日，殼內有乾坤，他有一半神魂撤離了過往，另一半則遠觀著無影手醞釀的那一刀。是罷，終有那一刀，那何妨暫時蝸居，等鋒刃刺出血來，再打算。

他日日做個遊蕩者，向無名的命運搶奪時間，大筆散落在或許將定居一輩子的路徑上。

包含他在內，這座島在內，他的故鄉，以及遠方，很快就會迎來前所未有的發現。

15 叛

停滯在熱天午後的那朵烏雲，沒有人知道什麼時候會消失，隱然的轟鳴聲源自空氣中某道裂隙。

大約是那陣子起，陸依蓓聽見對門的高呼——我家密碼幾號？到底幾號？聲音中帶著一絲惶恐。這是件怪事。許祥順是個退伍老兵，聽說在國外發展得很好的兒女都想接他出國同住，但是他堅持不肯搬。獨身一人雖不缺錢，穿衣寒酸得不輕，門口經常堆滿回收不及的空瓶鋁罐紙類。陸依蓓之所以曉得對方姓名，因為他三天兩頭往管理員那兒跑，對他來說斗大的事，對其他住戶來說只不過是他的疑心病重。他經常舉報小偷慣犯猖獗，尤其覬覦他的身家。趁某次年節他兒子回來，找了最好的鎖匠，設定全自動密碼鎖。許伯唯恐密碼被竊，整天益發神經兮兮，逢人就說竊賊之難防，任何一個人都不可相信。

有關許伯的事，她已經練就充耳不聞。可是不對，許伯萬一怎麼了，那又該誰負責？陸依蓓猶記自己還是嘆口氣，起身去幫許伯。至少叫了警察，她想。

做完該做的，睡意全消。她轉開電視，歐洲某國正遭受嚴重森林大火、中南美洲面臨史上最嚴重的水災、加勒比海上一處小島即將沉沒……無論是哪個國家，都是災難的俄羅斯輪盤上隨時會被選中的一個。

世界各地正不斷經歷壞毀的事實，一年比一年更顯而易見。她能夠感覺自己跟同時代的人類，必須不停面對正發生的傾圮，包含可能一觸即發的戰爭。

原先，各種區域性的多邊制度安排，暫時達成了避險的目標。然而，貿易的割據戰讓世界組織搖搖欲墜，加上左右派之間壁壘分明的強硬傾軋，一場突襲就可能扯斷當前的危險平衡，讓幾個蓄謀已久的侵略計畫變得名正言順。企圖改寫國際組織的遊戲規則一事，也發生在氣候、人權組織與所有與國際相關的協議中。

這些全都不稀奇。她嘆息。

社群媒體上所能看見的討論串，多半不及這些事件的百分之一。光是一次災難、一次重大事件所能牽動的層面就有萬千之縷。切身體會這些糾纏浮上檯面之際，作為渺小的個體，能夠承受的部分很少。

承受不了，便是毀滅。

她記得前段時間A國總理的相關新聞頻頻登上國際版面，鏡頭下的他看來略顯疲態，但發言手勢優雅依舊。

關於一個人的舉手投足或說服能力，他的表現是能引發好感的類型。不過，前陣子他的副手發言所引發的爭議，確實帶來延燒效應。強硬提出碳稅政策，隨之上揚的能源價格帶動物價飆升，然而在副手口中，能源政策是為地球共好。不少民眾認為這樣的發言根本缺乏同理心——一般人辛苦工作，卻得額外負擔碳價反映的零售價格上漲，偏偏企業都享有政府優待。

副手改以暫緩策略應對，但是看來已經來不及，這波炎上，促使不同族群的人也上了街頭。

A國民眾面對記者，不免大加控訴國家未能及時祭出限令，以致國內出現愈來愈多專程炒房的「外來者」。他們抗議市場決定論只會引發更多地產商、銀行、仲介公司和消費者加入炒房行列。炒房也是整體物價波動的原因，因而也有一批民眾專門對此來抗議。

炒房只會讓我們活不下去！囂張炒房滾出去！

A國的政策一直都有著超乎一國的影響力，陸依蓓看著議會裡的失控場面，不免疑惑為何A國總理還不出現，就如同她能感覺到這座島嶼正在面臨一場新的考驗，從鄰居的舉止、僅出現於社群媒體的跳樓和車禍事件，她的耳朵裡聽著敵對陣營的發言人表示，A國總理須下臺以示負責……。

事情絕對不僅如此。

這種預感如當年的疫情，一旦開始就難以收尾。

這個國家彷彿醞釀著不能公之於眾的祕密，陸依蓓感覺，她所能見到的亂象只是表面，數十、百位，很快如蒲公英絨毛大舉吹向A國總理公邸的民眾，連抗議聲浪也是毛茸茸的。

沒多久，新聞畫面播放敵對陣營的抗議隊伍群情激憤。

總理下臺！總理下臺！

民眾被訪問時，少有大篇陳述，卻只能說出「總理背叛了人民」這般虛無的話。

‧‧‧。●

許伯的大嗓門這幾日似乎全然無訊。陸依蓓留意著窗外，前陣子的焦躁感平息了不少，她還特意在出門買晚餐時，朝深鎖的大門望了望，動靜杳然。

這是正常的嗎？她猶豫是否該再度報警。

兒子不在身邊的許伯，向來不是她生活中關心的對象。甚至對她來說，那是一位帶來困擾的長輩。

但她並不知曉，這位不討喜的長輩，正是未來潛在的風暴肇端之一。

16 大局已定

痊癒後的A國總理聽完Ken的分析便明白，卡曼病毒來勢洶洶，勢不可免。Ken的居家辦公時程迫近尾聲，總理自知他跟太太之間的家庭真空之旅得由他畫下句點，再不捨也得如此。

A國總理永遠記得自己的起點是從一位議員開始，一路推翻規則，提案修法，對於競選矢志不渝。他自投身政治、到黨內的超新星、媒體最愛的寵兒……足以炫耀的青年時期他走得太短。後半一度跌入谷底，屢選屢敗，正當他做好回到起點或自我驅離的打算時，他指派助理長期監測、蒐集的資料與證據，到頭來揭弊成功，也顛覆後半生的預想規畫。他以為的下坡路，殊不知那令人百無聊賴的曲線，反成匯流住各方的能量。不知不覺，他成為一只夠大的餐盤，裝得下自己的家人、幕僚，甚至是一個黨。

「你說過，黨內布局選戰的人，比你經驗老道、比你更擅長站在民眾面前。」

「妳不覺得，參選就代表我有機會證明，我可以提供其他候選人沒能貢獻的？」

「你真以為這個國家需要的是『誰』的貢獻嗎？」

Ａ國總理猶記這一題讓他與太太辯論了好幾個小時，他們從臨時辦公室旁的速食店，一路辯論到座車內，等他們回到家時，客廳的燈全暗，只留著玄關獨盞燈黃。

總理太太去看看孩子。

Ａ國總理如今回想，牆上鐘面的時針指針不知運轉過幾圈，他恍覺愈來愈快，宛若形成一個夾角，而他必須讓太太跟自己都待在同一個角度裡，而非對向。所以，當他聽著太太的腳步聲從樓梯傳來時，他便坦承：「我不知道。」

「什麼？」

「我不知道我會走到哪一步，可是我知道，若我有舉起手宣誓就任的那天，這個社會會變得不一樣，我會催生更多公平的法案、保障孩童的福利……」他感覺身後傳來溫暖的擁抱，「噓，別說了，我懂。已經太晚了，我們都先去睡吧！」

Ａ國總理踏上他的宣誓之路後，他自認戰戰兢兢，然而隨著他兌現給選民的承諾愈多，兩個大黨之間明面上的相互杯葛便愈烈，各黨派內爭議或醜聞頻傳。至於他跟太太之間，各自自轉的速度，讓他倆都脫離恆星應該有的球體形狀，形成一顆矮而扁的星。

最初為兩顆相當接近的星體是雙星型態，不過質量大者不斷吸收較小的那顆，到達臨界，小的星子爆炸，而較大的星體不僅孤單，而且只會陷入更快的速度自轉。

好不容易，那顆小的星星又從星雲裡浮現了。A國總理沒告訴Ken這番心理變化，但他揣度著卸任日子的狀態，Ken是知道的——黨內又有政治新星出現了，這次跟另一黨不分高下。A國總理打算，他為國家做的最後一件事是，讓Ken與他的醫療團隊成立公司，將卡曼病毒的解方公諸於世。

・・・○●

A國總理先是在自家餐桌上，瞥見國防部長和外交部長的來電。

他對太太一笑，打算繼續享用色香味俱全的早餐，難得的亞洲料理，讓他想起曾任職亞太事務助卿一職，撒下多方外交和政軍事務的胡椒碎粒，亞洲各國爭端事件彷如是南薑、檸檬葉與香茅的穿插。

他才就著湯匙飲一口熱湯，接二連三的來訊讓他後悔起剛剛沒接電話。

「MNN公司出事了，總理。」聽畢他臉色一變，顧不得那麼多，隨即放下碗筷，留下一桌豐盛佳餚，逕自前往書房。剛忙完坐下的總理太太看著那堅決快速的步履，依稀能聞到指縫透出的辣椒和生洋蔥味，她一瞬懷疑自己的丈夫已經恢復如初。

書房內早已開啟視訊畫面，第一位出現的是衛生部長。他說的每個字讓所有子母畫面裡的各部首長或深鎖眉頭，或煩躁地敲打桌面。

「那不就是一場實驗嗎？」他問了情報單位。

「Ken 跟他團隊研發的資料……不，Ken 主要研究的資料，被偷挪走了。」情報主任解釋道，「偷走他資料的人，正是最熟悉這病毒的關艾學，也是他的未婚妻。」

「你現在是說，這位醫學天才遭未婚妻洗劫一切，而且事態的發展不可預知？」

「我已經聯繫了我國駐外大使館與駐防各區的官員，請他們務必隨時掌握最新情況，預做準備。」外交部長看起來也相當頭疼。

「軍事那邊呢？」

「所有能夠先啟動的緊急方案都上線了。」

「其他國家呢，目前有何動靜？」

「報告總理，大流行已經開始了。」

這樣的聲音不出A國總理所料，但為何親自聽見時他依然感受到不可承受之重，

「關艾學就交給情報單位，你們也跟進C國的下一步。」他最後問了，「Ken 人呢？」

「總理，他跟其他醫療團隊的成員，正在接受那套醫療處置。」

A國總理皺眉，其他部長更覺不妙，實則不清楚總理跟 Ken 兩人早有約定。總理未曾想過 Ken 會陷入情感陷阱，什麼都不剩，賠了前途。他最苦惱於幾個國家同盟關係的原計畫是否還能進行？卡曼病毒在他身上化險為夷，可是，少了 Ken 及其團隊，又該如何證實這一切並非自導自演？

「情報部門一有消息，就跟外交、國防部聯繫，你們成立的緊急小組需要每小時彙報進度，我需要掌握卡曼病毒在各國的最新消息；至於衛生部，召集醫療跟照護體系一起開作戰會議，療程和後送方式都有最大程度的自由。」A國總理連珠炮下達指令後，內心不由得觸動，他心知如果 Ken 沒有成功，那麼這一切將恍若隔世。

關掉會議通訊時，他才轉頭見到太太捧著餐盤，不知在門口多久了。

17 祕密會議

A國總理在床上翻來覆去，自從那頓飯後，他跟太太坦承一切。

爾後，他們就沒再同房共枕。某夜他實在睡不著，按鈕一按，智能管家出現在床邊，這是Ken團隊打造的。智能管家依據各部傳輸來的情資，整合出因卡曼病毒而失憶的人口，曲線圖、圓餅圖，智能管家顯示感染後的趨勢，世界將會陷入囚徒般的困境。

依據情報所得，A國總理總算摸清盜走Ken所得的人相關底細，他的高材生女友縝密布局，以愛情和照顧的羅網長年誘引對方，Ken不會料到在實驗數據上的得力助手，竟會是詐騙高手——早在研究一開始，她便一點一滴搬運了研究方法和架構概念，技術對她來說不具難度，以她出身不俗的家境，負擔相關設備並不是問題。尤其卡曼病毒的到來，對她是一次絕妙契機，染病的途徑是多岔路，因此模糊焦點變得輕而易舉，將Ken和團隊送去養病更是順理成章。事實上，她可說是將一切傾盪得什麼也不留。

A國總理點開MNN公司的資料，這家今年股價上升最速的公司，以會員制吸收了龐大資金，而其號稱「唯一有效的療法」亦是真的，只是這是Ken的研究成果。A國總理不相信如此聰明的Ken會墜進這種深淵——這件事不只是研發結果被竊，頂尖醫療團隊陷入不知何時能痊癒的危機，它如同A國總理所想，這是超乎國界，關乎全人類的重大事件。

A國總理回想起那次祕密會議，C國跟R國元首臉部線條始終緊繃，話語毫不退讓。「沒有國家是這樣談判的，先生們。」A國總理切斷每個字母，確認所有人都聽得清楚。C國元首晃了晃那頂萬年不變的假髮；R國元首脫下外套，捲起襯衫袖口，像是刻意展示什麼。A國總理確信MNN定然有承諾各國元首或政府高層利益，只要他們協助強化對MNN的支持。元首的表態能吸引一定族群，人民因為信賴而投注高額費用，MNN再從他們身上提撥一定比例，回饋給達官貴人。人民只要抓住點什麼，就會暫且無條件相信，A國總理也知道這點，因此當初他便認定這樣的醫療成果得歸為公共財。

事情應該從幾年前的閉門峰會說起。那次，R國元首在臨時動議中突然直接攤牌：「我們國內科學研究院院長逃跑了。」他狀似煩惱：「他負責推動流行病研究聯盟，也是全球聯盟的理事長，現在他消失無蹤，計畫根本不能進行了。」

E國和F國總理低頭跟幕僚交談，語速急促，C國元首神情不驚：「他該不會找到什麼突破性發展？」他的疑問聽起來像是肯定句。

A國總理對R國研院院長頗有印象，雄偉體型大鬍子，看上去更像R國北方森林裡的獵戶，實則是呼吸道病毒人畜傳播研究的第一把交椅。A國總理瞇起眼來。R國總是對外宣稱他們擁有第一流的研發人才，出現這等離奇大事，怎麼可能就此罷休？而且，再怎麼想，過海關呢？不正常的進出境都會引來盤查，暗殺技術獨步全球的R國……A國總理甚至在內心暗嘲，除非他們存心想消滅那位院長。

R國元首面對在場的竊竊私語，雙手一攤：「正是這樣，所以我才來向各國求援。」

F國總理向R國元首追問：「貴國評估這位院長失蹤後，帶來最嚴重的影響是什麼？」E國總理不斷瞄著場上，像是知道了什麼。

R國元首的眼神一瞬變化，但他還沒說，C國元首便嚴肅道：「他所研發的病毒，將有可能造成全球性大傳染，那……經濟大衰退有可能重演。」

經濟問題的泥淖對各國總統來說都像流沙式陷阱，周邊坍塌的面積崩天落地，沒有人能清楚畫分彼此間的影響，而當年這一切全肇因於新冠病毒。各國元首或總理大概同一時間都想到類似的處境。「憑什麼你們國家造成世界危機，現在還要所有人幫你？」A國總理所言，突然激得在場罵聲四起。

多年前的痛苦，沒有任何一個國家想再試險輕忽。

這次C國元首發言雖然可恥，但也難以拒絕，「除了MNN自己的資源，一旦有各國頂尖人才加入，全人類的記憶資料庫便能完備。」C國元首將一切講得那麼自然而然，而A國總理明顯看著幾位總統臉色難看。R國互搭互唱：「MNN所推出的方案已然是目前最好的選擇，而簽署的國家可優先取得抗體。」他衣袖下的肌肉明顯比之前萎縮，可是依然神情堅固到不動聲色，看他神情，宛若忘了正是R國科學研究院院長出的包。

「哪來的抗體？而且，這種事怎麼會由你們來說？MNN是Ken創辦的，但現在的MNN負責人並不是他！」

「這你就不清楚了，抗體當然不僅是Ken的傑作，而是——」C國元首撥了撥假髮，「來自我國長年挹注的結果。」

A國總理怒極反笑，歷史即將重演。可是很快地他又平靜下來，他可不會陷入盲目的情緒風暴。他手邊的情報尚未足以能讓他做出最有利的決定，但即使他投下反對意見，這場祕密會議仍舊會撞上山壁。

缺乏現有證據的他，除了用眼神示意E國和F國總理，只能先下手：「我絕對不做對國家沒有利益的決策。難道你們現在想以加入MNN與否，來決定未來醫療資源的分配？」

「可是，我國人民賭不起。」E國總理回應道。「我國最近的情形，各位應該有所耳聞，說真的，我們承受不起失去人才的風險。」

A國總理想反駁，這不一定有用。可是，話到嘴邊，又只能嚥下，他可不想坐實C國的野心。療法有效與否，仍取決於個人，他記得這就是Ken戒慎恐懼之處。然而，對研究如此嚴謹的人，成就了研究，失卻了才智。A國總理並不認為MNN真的會「妥善」照料Ken，他可以派軍隊搶救出Ken的團隊，然而他卻不能保證自己能依樣畫葫蘆治好Ken。

正當他頭疼不已時，R國元首率先表態贊成，而E國總理不置可否，F國總理則發出一聲詛咒，彷彿大局已定。這種危險結果是A國總理的預期之一，也是他最不想見的。

結束會議後的他，突然感覺又將失而復得的記憶繳納出去了。

這幾個國家之間的祕密會議既是如此，那麼全球性的會議便是危局。

又是個令人不快的談判。

A國總理旋即喚來幕僚，讓他聯繫B國，再想辦法另約那些能源輸出國、核彈擁有國。他憂心的是，卡曼病毒是否會成為引戰的藉口，任何一指按下按鈕的人，都能被歸類為卡曼病毒罹患者的話，那一瞬間是沒有人能負責的。

另一房間內的總理太太熟睡著，她的身體不會逼迫她，她的夢裡亦無牽涉甚廣的危機，而她也不能理解自己的丈夫為何需要瞞住她。

18 浪漫的行動者

麥雅文在熱天午後行走著，他沒撐傘，沒戴帽。只要天氣一熱，同事們對於外出一概意興闌珊，他卻不避諱汗水淋漓，多半主動提議幫大家買午餐。

他仰面迎風，一股隱微的溫暖騷動，氣流悄悄盤旋，他是受益於港人「長期居留」法案的第一批人。能夠做出跟父母不同的選擇，麥雅文感受身上猶如陽光探照了他，體內的時區就此向陽。

排休日即是晒太陽的時機，他把這樣的行程嵌進固定的日常。在此處生活，無論何時都能體會到豔陽的威力，在灼熱的體感下，他氣喘吁吁，髮際冒出無限汗珠，彷彿排出臟腑裡沉積許久的毒。

排煙管拉出一條間斷的廢氣，誰站在路口抽菸的絲線，籠罩了整個都市但眼看不穿的透明污染。每一種排放，相應的是有人承其代價。

然而更細密的是言說、文字與所傳播的，隱藏真意模糊其詞，真裡摻假故作姿態，這些他都曾走進那團渾沌裡，在遮蔽的情況下，努力步出一條路徑來。

麥雅文有時想起，被人呼喚 Luca 的過去式。有些什麼一分為二，讓他走到了邊界。邊界抵達了，便不可能再回去，他不是那種個性。因此即使他明白自己沒有投票權和公民權，亦不影響他再度展開新頁。

新頁將有新的污漬，但那也不如何，麥雅文打算且走且看。

這段期間，災後的檢討聲浪漸漸消弭，另一波堆疊而起的義憤填膺，轉向這座島嶼的居住問題。沒有人比他更明白寸土寸金的意義，可即便曾被視為有機會在黃金地段搶下一顆燈火之明的他，現在對於存活一事，一無所有的他卻放寬不少心。

他逗留市場，買了水煮玉米、鮮奶茶和滷味，沿著公園享受樹影的路途上，猛然察覺他正踏入聲浪邊際，這令他偏離路徑，繞進一條小巷，眼前的國小正門口掛著百年校慶的慶祝旗幟。由於人潮壅塞，麥雅文一度以為人流是因慶祝而來，然而不同的聲音越過圍牆，他才明瞭人群是災民匯流。

他不是嚴格定義上的受災戶，他只是無所依靠的漂流者，以一無所有之姿迫降島嶼。此地重生的他本就身無長物，除了一只曾短暫陪伴他的烏龜、略感可惜的攝影設備，其餘都在被捨棄和被迫捨棄之間，蹲踞在無語。

麥雅文聽見他們之中有人激憤大吼，司令臺上一小撮人，以懇切口吻跟臺下喊話。無論背後目的，臺下站立的身影益發昂揚，他們舉起握拳的手，以更強烈的語調嘗試激發共感。麥雅文認得這種口氣，所有事端的前兆，即將沸騰的燃點，他太清楚這種一觸即發。

他站在圍牆外，以目光逡巡一陣，自知幫不上忙，本想轉身，回頭竟發現其中有道熟悉人影——那日將他拉出頹傾廢墟的女子，衣服仍是那一套。

日照光暈下，每張臉龐顯得模糊而膨脹，為了看清楚她的表情，他攀過校園的矮圍牆，成為群眾之中的一人。

「先讓我們回家！」

「外牆剝落的情況，每間房子都不同，等安全評估做完好不好？相信我們，專業技師很快就到！一旦完成，大家就能離開這裡。」

「一個禮拜都過去了，誰知道還要多久？恁根本都在畫虎𡳞啦！」

「對啊，上個禮拜我看也差不多講這樣，啊現在還是這樣講，憑什麼要我們相信……」

「還我居住權！」底下有聲音這麼喊。後面應和了一次，接著是兩次、三次，形成一股音浪。

麥雅文環顧，發現女子也舉起手來呼喊。綁著馬尾，身形只矮他一些的側臉輪廓頗深，那對雙眼格外令他在意，黝深如瀝青。她目光如黑洞一般，由未知向現在投射的洞穿感。他信仰著這份特殊的感覺，右手不禁也跟著高高舉起，喊出別的口號：「占領空屋！占領空屋！」

陸依蓓轉頭看向帶有一絲口音的人聲，聲音微弱比不上多數，卻像硬生生卡進即將燃起的火焰團裡，激出小火星來。

這口號不是他們事前說好的。陸依蓓從重重人牆錯落的縫隙左右窺探，認出是那日的年輕人。他看起來大大別於那日的窘態，膚色健康不少，整個人乾淨清爽。

她擠過人群，迫切地想來到他身邊。她有種直覺，她曉得對方會站在他們這邊。

「嘿，是你。」她對於待在這一整日，身上散發的微微異味感到些許彆扭，但對方顯然很高興。

麥雅文對她微笑，升旗臺上的旗竿，以金屬反射的光線，產生一股明亮燦爛。陸依蓓能感受到久經曝晒的操場升騰燠熱，她轉頭感受到他傳達的一股力量。

她聽見他再次呼喊，握拳舉起：「占領空屋。」陸依蓓愣了幾秒，也跟著他喊。其他人仍舊不放棄「還我居住權」的訴求，於是整個操場充盈著此起彼落的口號。

操場另一邊是打算冷眼旁觀的人，他們的神情顯然認為這種舉動完全沒意義，只會讓情況變得更糟。

兩邊壁壘分明，此群體難以撼動另一個。身在盆底中心，震撼強大，至於只肯待在盆緣所見的風景不同。即使聽見對方的呼喊，充耳不聞，以顛倒畫面作傳聞，甚至反過來逆向宣傳拉攏，麥雅文都是見過的。

出乎他所想，這刻有道身影儼然棲止於枝椏。

．．．○●

林素蓮髮絲飄揚，她四肢並用，脫了鞋的腳掌麻擦著樹皮，因為渾身使出吃奶力氣而微微喘氣，她愈往上挑戰，愈是心跳加速，童年時跟部落孩子們的遊戲——先爬上樹的人就贏了——在地面上先是互相追逐，後來才看誰能率先爬上樹顛。她自知跑得並不快，會耍把戲倒是真的，她聲東擊西，喊著有熊有蛇，將其他孩子唬得愣愣的，緊接著身手矯健地騰空躍起，抓住樹枝。當那一刻發生，有力的雙腳便沿著樹自身的紋路，抵著，身體中心繃緊了，朝上攀去。

再怎麼高的樹都不怕。不管多大，林素蓮相信樹神不介意她的重量，什麼也不求的她會受到庇佑。葉子飄下，鬚根折落，年過半百的她果然順利坐在最粗的橫枝上。

這次幸而找到阿茜。林素蓮沒讓孫女看出她的恐懼，她不怕死亡，只是對於至親或好友的存在，她總想看顧。

倖存者身上帶有幸運的神賜，其中必有上帝的旨意。但若是少了上帝的明示，她也得創造出幸運的暗示。家中長輩說過，若有求於樹神，則須以最優美的歌聲許諾。林素蓮回想年幼的她常在午餐後待在樹上，瞇眼享受樹的氣息。每棵樹都有屬於它的味道，通常低調而需要耐心嗅聞，以胸膛裡的氣息交換樹的呼吸，藉此，她宛若被林蔭和鳥雀交織的清涼淨化過了。

她避過大疫之年、躲過地震，內附樹林河海的地圖在體內，她抽不出，也不想抽出這樣的感受。

她不曉得小孫女是怎麼想的，陸依蓓最常對她說的就是，「沒事，我很好。」她相信孫女很好，她是個小福星，任何事都難不倒她。

如同現在她遠遠看著小孫女，跟一名青年從操場那端走來，就靠在樹幹上，為樹神歌唱。看著這一切，不放掉任何細節，就是最好的守護。

19 未完待續

陸依蓓離開診間，到領藥窗口拿了身心科門診的藥方後，便獨自揭著未完故事的一角，回到車流噪音裡。

一個故事是怎麼開始的？

她的上幾段，都是抖著嗓子也得看完的恐怖片。

即便是自己毫髮無傷的那場地鳴天搖，但地殼強烈晃動的餘威，依然深刻地留存在心象裡。身處其間，讓她能夠感知到大規模災厄後倖存者腎上腺素激發，抱著一線生機奮力求生的氣味。

恐懼和焦慮是能被嗅覺辨識出來的，對陸依蓓來說，既可以用來解釋她為什麼又陷入失眠狀態，也能驗證醫師所說的，一直暴露在強烈的情緒波動而不得休息——一再跌進幽谷，眼前矗立的峭壁，滑坡不停灑落的碎石、粉塵與微弱的希望。她不否認所有放在她眼前的解釋，很科學，能一一指認，卻不可能抵達完整。

選擇回家的途徑，每一種直行或橫切的組合都需要存在，如此才稱得上是正常。

陸依蓓總是依循內在的直覺，選定並探詢路徑，帶著優游又或者偶爾抗拒，她必須這麼活，才能站在醫師給的藥錠上，感受故事未完將啟。

那位來自香港的黑框眼鏡青年，或許與她有著類似的靈魂。災後偶遇的機緣比例能是多少？若說上回施以援手屬於月全蝕遇上滿月的血月之舞，一個月內她見到這張臉第二回，多年之後的她會如此形容，是百年一遇的超級藍紅月亮，剛從地平線懸浮而起，積木般的建築物掩住逐漸變色的月，見到的人，難免震懾於心。滿月和地球之間最近的距離，或許是她抓住他手之瞬間，逃脫震後廢墟。

跟地震那次不同、與抗議那次也不同，她決定再次伸手那刻等同簽注畫押，一張絕無僅有的彩票，槓龜不悔。麥雅文的表情並不驚訝，他回握的力道不符合他的身形比例。

他看來文弱，跑起來卻飛快。

話題一開，拉扯著他倆，沉浸在與地相融的階段，就像是過往未曾見，而其實偌大的天際早已敞開。

原先還在治療流程的陸依蓓，找到立錨於一片寬闊土壤的機會。她感到有些困惑，為什麼是飄盪的絲線帶給她扎根的聯想，或許是領子和袖口不意飄送的氣味，使她憶起童年時迷濛的印象：有狗有庭院，時光綿亙接住她跟爸媽，芝麻香氣從餅舖出爐起就是前調；炸雞排的鮮酥香，濃郁甜的豆花，大火快炒的飯麵，充盈著中調的層次厚度；後調須一抹淡雅，清涼青草茶微苦降火，高山小葉種紅茶尾韻甜，蜂蜜檸檬愛玉酸澀與甘潤對齊。她想掂測他內在的容器，試圖釐清經歷前中後的變化，尤其容易揮發的成分褪去，她湊近一嗅的赤裸，將會如何？她想歸想，自己倒只是鎮定地盯住手機。

Threads 上閃動的訊息，不停飆升的閱覽數字，短而奇效。最初，陸依蓓只是跟著一起投入一場切身有關的行動：外婆的家被歸類為危險地區。然而她懷疑在沒有人力全面調查的情形下，負責巡視判定危樓的政府單位，僅以建築年分為標準。

她希望有誰來解釋前因後果，可唯一接收到的是新聞報導，或在社群裡交換的二手資訊。漫長的等待，她不放心，總不能讓外婆四處奔波吧！所以她決定陪著外婆移動到阿姨家暫住，她則不逗留，又回到了現場。

遍地皆違法。

陸依蓓看得出麥雅文比她更投入，他積極跟其他有志者尋建築技師志工，重新評估因為怠惰而貼上的黃標，撕扯不該有的標籤。

幾年前，她看著新聞報導裡跌破〇〇萬的新生兒數量，之於她的震撼度，遠不比當她親見這座島嶼上的空屋。即將完工的新成屋區座落於土壤液化區，至於活動斷層帶也能從查詢系統裡快速比對。

斷層以百萬年為節點。十萬年內的全新世，含括具潛移活動性或地震相伴，百萬年前的更新世晚期活動斷層，相比之下古老幾近沉睡。巨大毀滅之前，這座島上的生活常態習慣了搖晃，晃動來自車身，也能接受來自地層。

人習慣了，壓根不可能掠過精華好地段而防患於未然。人們忘了藏在深處的逆移斷層，暫被山麓堆積物所掩覆，地表尚未露出的線狀崖，陸依蓓想著，簡直是隨著地殼運動而呼吸的古老生物，憋著氣潛伏太久，人類的文明生活幾乎不會考慮這些。

強震過後，相關數據顯示，無論是哪種建築仍須抵禦更大強度的震度。

全新的建物較可能具備這樣的防震係數，專家如是說。

價高的新屋樓群周邊豎立著竣工完成圖，鏤空的中庭，中央噴水池，原木製造的遊戲區，尊爵不凡的樓層高度俯瞰著周邊點綴的綠意——落地窗上橫亙的塑膠貼條、磨損髒污的地板，穿越窗戶孔洞形成的風嘯，遊蕩於街區之間，宛若散落而蒙灰的樂高積木，再沒有堆疊組裝的參與者，失卻讓人摩拳擦掌入局的新奇。

「不值得買，也沒有人想住了。」陸依蓓經過時，忍不住道。

「妳看。」麥雅文路過每一則黃色封條，就會指出。

「政府的正式評估未到，那些居民就不可能回到自己的家。」陸依蓓清楚無論多快將這些房屋還給民眾，他們之中有人也無力負擔修繕。

「這些空屋廢置在那，人卻沒地方住。與其空屋，不如占屋！」麥雅文提議，他的神情帶著下一秒便能捨卻現有的生活，投入其中的堅定。

關於占屋行動的訴求在 Threads 上發酵了。曾在國外參與過占屋行動的前輩直指這是喚起公眾居住權之舉，更有不少剛出社會的年輕人表達響應的意願。

媽祖遶境期間，第一波破鎖、入屋、換鎖的行動便是麥雅文做的。

陸依蓓看著他一氣呵成，熟稔檢查屋內瓦斯、電路等的動作，心中不免覺得訝異。

「我做過啊！」穿著黑衣的麥雅文，讓她想起快速爬行的蜘蛛，不過他無須編織網絡，而是確保安全，就像每個面對新領地的昆蟲和動物一樣，「如果電力跟天然氣被切斷，或是沒有水源，我也有備案。」他篤定的動作，讓陌生化為現實，無效的等待終於了結，她需要的出口不再由藥片砌成。

陸依蓓喜歡這個點子，以半游擊的方式介入空置的家屋，他怎麼做，她也那麼學。學習開鎖的技能，麥雅文描述他曾跟著手足以這樣的方式救了幾個人，木棍、童軍繩代用擔架，兩人一組快速行動；更厲害的是能一人肩負傷者，麥雅文曾親眼看過一位手足，身材不高大，雙腳飛快踩階梯，在追捕的網羅下，救援成功。

「若遇上惡警，那就沒機會了。」Luca 解釋道，「因此後來我們靈機一動，想到暫時躲進陌生人家的點子。」繁華的東方之珠，當年一連串由內爆燃起的世界級新聞，陸依蓓自然知曉。她沒問出口的是，百萬走上街的人潮，退潮之後，現在都在哪？他們又回到日復一日的規律循環嗎？

初始，她不預期能夠像 Luca 曾見過的場面，她單純希望喚醒對災後居住權的重視。隨著動員升級，她開始好奇，現在與一群人互成隱形蛛網後，會不會真的帶來改變？

進入這群組的人，無人吐露風聲，實現這個點子遠沒有想像中難，每個人的選擇不見得均符合最佳利益，頂樓加蓋，釘子戶住屋，老廢公寓群，遠在海邊的鐵皮拼裝屋，也有人專門以爛尾樓區域為主攻區，陸依蓓發現選擇住所的每則新訊息，成為她一遍遍認識住跟人的關係媒介。

新一波的占屋行動，在按讚及轉貼數字急遽爬升下，她和他成為領袖之一。

她明白這場行動，亦觸碰了墊高房價下的失落感——政府祭出的政策追趕不及房價，只是累積更多懷抱希望卻跌得更深的人體肉墊。肉墊遭受壓落底，肉墊永不翻身，擁有一間房似乎就等同鞏固了安全感。

這不是她這一輩人能夠擁有的。現在她跟 Luca 做的事只為了獲得愉悅。一波更強一波，愈來愈多人義無反顧加入，不為什麼，只為快樂。

陸依蓓這天選了一個閣樓，斜窗夾角下的天色還未全暗，淡紫暈染橘紅，她指著迷離光線照進屋內的切片，「快樂有形狀的。」

歷經閃躲奔跑的身軀安靜下來，Luca 特意不開燈，就這麼坐在這屋內的沙發上，他仰視陸依蓓的輪廓，這次，是全身的稜線與地層。

他能感覺她的汗液蠢蠢欲動，正要從體膚毛孔竄出。

「當然是有形狀的，祝妳生日快樂！」Luca 對陸依蓓說。他在上一間房子裡找到一束乾燥花，那束花之中有玫瑰，其餘則如簑草。

他在內心打鼓，她會收下嗎？

因為失去水分而顯出珊瑚紅和芒草白的花束，進入隱約低調的暈黃，宛若時光還魂。

陸依蓓給出一個吻回應。她感覺體內暖如洋流，即將要匯集到更遠的地方。

我是妳的誰？

你是我在這裡最好的朋友。

Luca 對於這個答案很滿意，他伸出手來，輕輕擁抱著她，這是他睽違許久，以這般柔軟如雲的方式接觸一個人。他不必拯救誰，不必擔心誰受傷，只專心在相處過後的時光裡，逐漸睡去。

他們對未來毫無奢求，只是安住於這樣的此刻。

他們的人生從這個地方開始，沒有人能夠置喙，明天在過了一個生日之後，即將到來。

20 大規模的空白

那一日，世界上的通訊全都失靈。

一則不明緣由的緊急事件——或者當時有人稱之為插曲——接獲報案的警方或消防隊，委實不明白對方在說什麼。

我、我記得。

您說什麼？

不，我不記得。為什麼？怎麼會這樣？你是誰？

接電話的那頭搞不清這是什麼惡作劇，便掛斷電話。

然而緊接著嘟嘟嘟響起，那次接起之後，又是一次讓人匪夷所思的報案。

警察分局與消防分隊的疑惑，很快變成警訊。

最初，圓心只是一顆黑點，遇水而透過毛細現象，形同各自在不同時區裡朝外擴散，無法避而不見。在這顆藍色星球上，在各區以意想不到的方式拓延。

在世人的印象中，卡曼病毒成為全人類的痛，發軔於一位印度外送員。當天，他踏進銀行，預備交貨請櫃檯代為收件時，原該忙著計算、打字、核對帳目的銀行行員，突然呈現脫序狀態。其中一小群眼神慌亂迷失，失去焦距、惶然疾走，或歕坐而毫不回應，更有些不時激動揮舞，向周遭使勁咆哮。辦公區忙於業務的其他行員，幾乎與他同時間目睹，他們不解眼前發生什麼，紛紛起身想阻止事態，也有人打了分機喊保安。待在銀行櫃檯等待叫號的民眾見狀互使眼色，拎著包包轉身離開，至於印章跟存簿還在臨櫃行員身上的可憐人，忍不住伸手要行員快點把東西還給他們。

這樣的畫面就被外送員安全帽上的行車紀錄器錄下了。不出多久，有人將畫面中的內容做了比對，推敲部分行員應是突然失去記憶，才有這般反應。

回到這座島嶼，陸依蓓和麥雅文也同時間捲入史上未見，沒人知道該怎麼解決的困局內。她忽而想起，對面許伯怎麼沒消沒息。她查探一番，這才發現曾令她不安困擾的許伯不知去向。回想種種，她恍然醒悟自己是最早見證端倪之人。

突如其來的失憶。網路出現言詞確切的發言，匿名帳號的貼文內容一再強調那就像是突然熄了一盞燈，而且再也找不到開關。

諸如此類的假說很多，有人揣測是長期食用某樣產品的結果，他們鑿鑿肯定基因改造或植物肉改變了人體的自然序列。也有人認為這或許又是某國散布的陰謀。網路上任何一則轉貼的文章，任何際遇所構成的想像天差地別，各自聚沙成塔。對於基因，乃至人生際遇的詮釋，讓焦點一再脫離均衡。

輕易或艱難的推論所造成的恐慌感並無二致。陸依蓓覺得那種方式只因迫切地需要抓取一個可以相信、問題得以被解決的說法。不過，依據所有人記憶猶新的那次疫情經驗，勾畫出的往往是更為模糊也近乎幻想的念頭。

喪失記憶並無前兆。

陸依蓓待在已經沒入尾聲的占屋行動裡，漫長空白足以使她和 Luca 討論起，許伯的怪異之舉可能會是這場大流行前兆的那顆黑點。

初步肯定後，每一日的推移其實是在等待與蒐集來自各方陸地的共同訊號，跨越時區、種族：驟然喪失記憶的巴黎政府官員、馬德里的遊客、東京駕駛地鐵的司機，飛越美國加州海上的機師，抽去記憶之後，他們往往會立刻困惑自己究竟在幹麼，從而墜落、失速，甚或引航一整群民眾朝向非預期所在。

每個國度的蔓延速度不一，逐漸顯示為嚴重度不同的顏色分層。終於到這程度了。

陸依蓓刷到民眾自拍影片，擔憂自己乘坐的飛機不知能否順利降落。所有空服員和乘客都低頭祈禱，而座艙長陪在機長駕駛艙裡，不斷以機內廣播呈現機長的身體跟語言反應。順利降落的那一刻，機艙內全身蜷縮的人們抬起頭來，響起熱烈歡呼，影片拍攝者激動到泣不成聲。猶如災難電影般戲劇化，令她想起了恍若隔世的那段期間，人類滅世般的場景：醫院人手短缺至極，在找不出最好的對策之下，因此病症殞命的成千上萬，染疫患者更是多到無法統計。其實戴上口罩也沒有用，該來的感染依舊來，有些國家的民眾索性不以為意，而染疫潮也一再來襲。相對來說，島嶼上絕大多數人願意遵循規範，她跟父母都是，只嘆惋他們未能度過最初那波猛烈凶潮。

命運的指向如此不可靠，毛細作用到最後抵達邊緣，所有的顏色便又合而為一。

析離的過程是撕裂感。

席捲全球的不明病症使一切停留在不能終結，也無法前進的狀態。

與需要自我隔離的肺炎不同，這次的罹患是肉眼可見，檯面上發作的類型。尤其，當患病者愈多，負責引導、協助、照顧的人漸漸相形變少，沒有人能知道這種情況如果繼續演化下去究竟會如何。

沒多久，陸依蓓幾個沉寂已久的對話群組，出現了紅點數字，她能看出這種徵兆跟下一個的排序原則，都是為了想對此事說點話的心理需求，因為她也丟了幾個訊息給久未聯繫的朋友們。自從父母亡故，她便有意識地跟所有人保持距離，直到與外婆重逢，救了Luca，做了占屋行動。

暫時有機會使她快樂的篇章，戛然宣告落幕。

面對來勢洶洶的不明病症，連她也猶豫起來。這是怎麼發生的？如何傳播開的？焦慮製造的原生洞穴，在這種時代絕對非樹洞。每個人的腦中湧進雜訊，驚悚有之，令人髮指有之，層疊覆蓋。好的時候，訊息長成大樹，產生餘蔭；但更多是淹沒了人，情緒無端攪動理智，使得小小焦慮再演化為巨獸。見到疑似患病的幼稚園小朋友在不懂如何處理大小便的情況下失憶，留言並有獨自照顧父母，對這病的憂心益甚。獨自隱瞞亦行不通，有人偶然發出這類文，便遭遇漫天批判。

陸依蓓愈來愈常將手機放在房內，一整天都不碰。

她的表情看起來只想專注於當下，她肉身所占的屋舍。

這次的房是有圍牆小院的雙層老屋，錫葉藤成批垂墜，綠色襯著淡紫，每朵皆有五裂，中心又有較圓而深的紫。陸依蓓撿起地面上一朵，「這是花萼，你看，向上拋起，它會像竹蜻蜓一般落下。還有，你摸摸這葉子。」

Luca不知何時拿出相機，對著光線下粉紫花姿，一陣怔然，他記憶中擁有五枚雄蕊五片花瓣的紫紅色倒披著，旗瓣抽長深紫色脈紋，乍看和蘭花有那麼點相似。傘狀盛放的豔麗是不能自行繁殖的，而滿城的洋紫荊從何而來？直到長大才發現洋紫荊得靠嫁接。最初神父發現的那株洋紫荊是大自然的偶然混種，然而長成他記憶中的滿城爅紫，人工勤力培植是必要的。

他伸手摸了錫葉藤，指尖感受其粗糙處，意識仍掛在往昔常見的豔色裡，世人或從未想過，一座小漁村能成為世界金融中心，而又淪為花葉飄離的現況。

「它能用做擦拭、保養錫器，所以叫錫葉藤。」

「唔，原來是不同的花，我剛才還以為是紫藤……」Luca 指著花朵與花萼相交疊之處，又調整了光圈，「對了，妳曉得嗎，洋紫荊不是紫荊，那也是兩種截然不同的花種。」

「是這樣啊？」陸依蓓湊近，接連按了幾次上下鍵，從她觀點來看，那是絕對不輸給專業攝影師的作品。

「兩者同科不同屬，紫荊花是外來物種，至於洋紫荊是原生物種。」

「對這座島來說，不管是錫葉藤或紫藤都好，它們都是從外地引進的。但現在人們賞花，也不是真心想看花，只在意能不能拍出夠美的照片，你懂啦，『人比花嬌』這類稱讚不就是這麼來的嗎？」

「那我幫妳拍幾張，讓妳瞧瞧是否能比花嬌？」

「不用了。」陸依蓓回絕了，可是並不強烈。

「就幫妳拍唄！」Luca 舉起相機，直追著她。

「別了，別鬧！」陸依蓓感覺腦袋裡恍惚著日頭，不禁放鬆地笑了起來。她突然想起，自己曾是愛笑的，喜歡笑到咧開嘴形。Luca 呢？他臉部拘在一種寡淡而不太起伏的線條裡，彷彿沒什麼事足以澈底搖撼他。

陸依蓓從快門聲裡知曉有部分的自己被 Luca 收藏在數位檔案中。她其實沒有認真逃，只因她在他的眼神裡，似乎見到另一片連他也漸漸陌生的花海。

21 關於MNN

MNN如同當初承諾的那樣，成為災民的助力嗎？

人類壽命的增長有賴科技和醫療進步，然而對於保留記憶，科學家們對此抱持悲觀態度。腦神經科學家指出，自從人類過度依賴網路跟手機，作息與睡眠的變化影響了腦部發展。人腦是難以觀測的星系，一如以太空望遠鏡對著一片虛空，在幾萬個天體之中，辨識系譜與光年。腦的構造、神經乃至不同細胞的功能，能於億萬有利組合下，促成天才之腦，也可為難纏病症的溫床，亦能兩者皆是。

祕密計畫Mnemosyne Neural Network，代號MNN，號稱能挽回記憶、拯救世人記憶的最後堡壘——無論阿茲海默、失智症，乃至任何疾病所衍生的記憶問題，皆是MNN研究的範疇。MNN的創辦人Ken與其團隊成員的經歷確實毋庸置疑，經典案例的第一項便是A國總理。MNN從成立初始便是世界級的腦部研究權威。除此，「這些成果將無私貢獻給全人類的醫療」這行字也曾標示在網頁首頁。

不過，MNN的網頁突然有四十八小時無法瀏覽。待它重回大眾視野後，又是另外一系列新聞。

——世界十大富豪早在十年前，就是MNN的VIP。

——加入計畫，即享提前封存記憶優惠。

——多國元首早已祕密協議MNN投資事項。

——機密！MNN的人體試驗爭議。

人們無人不問：真的嗎？哪項才是真？還是半真半假？假做真時真亦假？

「未來全人類若遇到大規模記憶喪失」此一命題是虛假的，卻也不假。即便是二十一世紀，人類都能因為一場肺炎而引發恐怖的死亡潮，那麼提前預備假設的景況：半數人類失去記憶、再也沒有冬天、南北極冰山消融……也不為過。

世界各地正在發生的不明失憶狀況，A國總理率先對國民發表公開談話，表示這是一場MNN推出的演習，目的並非獨占利益或詐民眾，而是研發相關配套的最後時機。

我們不會放棄任何一種解決的方案！我們一起監督MNN是否對人類帶來助益！

MNN面紗緩緩揭開了寸寸空間，但是之於絕大多數人，這項計畫的公告，仍對減低恐慌無甚幫助。

自MNN計畫公開後，街頭、公園等地不時有人潮聚攏。麥雅文不清楚這樣的聚集是否反而帶來嚴重後果，可是有些人不願再窩居家中，抱持著與其防範都可能罹患卡曼病毒，不如就正常生活的心態。

他跟陸依蓓久久未開機，倒是從大型十字路口電視牆上看見斗大的新聞速報標題：MNN將針對臺灣發布緊急特殊專案。記者強調，經其他會員國多次討論，過度的外部刺激也極可能加劇失憶症候群的大流行，決議給予災民免費名額，協助度過這次巨變，而臺灣亦在此列。

MNN的驚人宣告讓他愣住了。

這多麼令人羨慕。然而陸依蓓只想咒罵它，無論是疾病或解方，全都該罵。陸依蓓一開始抗拒這個世界加入MNN計畫的風潮，可也一面擔憂自己最親的外婆罹患此病。其實不管是她或外婆，任何一人遭遇此難都非常麻煩。

這麼一想，她決心搬回小時候待過的社區，陪外婆一起住。這件事沒得再有其他考慮，她選擇的不是昂貴天價的MNN，而是替自己跟外婆的保險加上了但書：上頭明白註記，假如是她失去記憶，那麼就由看護人員來照料她，而非外婆。

離搬家公司到來還有幾日，陸依蓓一面跟房東討論解約，另一方面更麻煩的是提出離職。「主任好，以上是我的離職證明和相關文件。」陸依蓓向主管提出自己的打算時，對方的雙目明顯沒有對焦。毋須多言，這時候號稱的主管，其實也毫無能力回應這場失憶。那位長官蓋章的姿勢緩慢而哀傷，她猜測身為主管的人，無法輕易離開崗位，辭職而去。

身分無足輕重的人可以。

陸依蓓身邊集滿了各種終局的證明印鑑：過了幾年的小黃卡、離職證明、房屋契約終止書，經營小餐館的父母死後的那些。數算得不完全，卻分毫不差地堆積在她周身，實體可觸，抑或懸虛在腦海裡。

只剩她一人了，不屬於她的物也會歸於原主。

22 取捨

撤離占屋行動的決定，「可惜」是第一道冒出的念頭。

陸依蓓在那段時間結識了不少匿名友人，災區限制了他們的位移，他們是地板或牆面裂開罅隙的受災戶，變形窗框的受限者，他們逃離蚯蚓現身牆面、扭曲扯裂的家，他們想拯救半鏤空的日常起居，政府的重建之路卻跟不上。於是他們代號自成，四海為家，無重力飛行。

當人這麼生活以後，便會獲汲迥異於先前生活的饋贈。某夜，音波的震幅來自古老彈撥樂器，穿透了室內外空間，使陸依蓓不自覺清醒。朦朧微眼面朝窗外，一隻鴿子怵然飛入，灰色翅膀向她拍擊而來。斗大的月亮停懸，占據了整道窗，她伸手狂搖熟睡的Luca，然而等他睜眼，卻又是截然的世界。

周遭闃靜一片。她看著他不解的迷茫神色，竟說不出究竟為何叫他起身。他以為她做了噩夢，伸出手來拍著她的背。緩緩拍背的過程中，睏意又找上了她。她緩緩地呼吸，那刻的環境裡什麼聲音也沒有，連可能呼嘯而過的飆車聲亦不存在。因而占屋時期，陸依蓓時不時懷疑聽覺出了差錯，不過，那一小段時間裡，人們總算從上個閉鎖困局暫時解脫。只是這般自由仍是不穩固的，誠如占屋行動之於她而言是短暫的。現在，卡曼病毒襲來，整座島嶼不時暫停呼吸，勉強讓鋼索上的人得以往前，她則需要把握主旋律，過好自己跟外婆的生活。陸依蓓暗暗於內心向代號們揮手致意，加入那場運動只是岔出的副曲，惋惜的情緒終會消褪在黑洞裡，只要歷經過這類生活的人便能理解。

之前她短暫代包的游擊式賺錢方法不再適用，便將重心移向求職網站裡的長期工作。餐飲業，略過；科技業，她不懂。瀏覽幾頁後，她訝異發現短期代課老師缺額占據大篇幅，兼課、一年的代理，琳瑯滿目到近乎淹沒視線。

教師荒不稀奇，學校整併或關閉的消息沒停過，任何一所學校關門都非偶然。幾年前，社群媒體上教師裸辭的個人經驗談冒出幾則，據說那時發文底下的留言動輒上百。不出多久，教師辭職風氣浪潮般擴散，竟一躍成為國內新聞頭版。

當初酸言這些教師裸辭的民代，後續被一一點名，而教育相關官員和制定政策者被輪番砲轟。私立貴族學校不缺學生，但公立學校因少子化加上貧富差距益大，長年積弊已達雪崩的臨界點。朝野政黨對於解決方案爭執不休，叫囂怪罪。負責教育部門的立委收到暴雪般的投訴及抱怨，最終，教育部只得發函讓各級學校想出留住人才的方案，有的祭出教書包吃住作為誘因，有的則強調校園文化與進修資源。

簡直是招生老師了！陸依蓓猶記第一次看到這些新聞的反應。個性使然，她一點都不喜歡這工作，教育現場一系列的骨牌效應，她心中早就有底——哪怕都是些別人的故事，可都血淋淋的——考招制度劇變，競爭不代表勝利，焦慮感由家長擲向老師，奪命連環call和回不完的訊息，成為老師工作的輪迴，這一世輪到道歉、下一世是溝通紀錄緊箍咒、再下世或許是奔波招生，她也見過處理憂鬱症或其他精神疾病的血淚發言，而極端暴力傾向的青少年引發衝突，開局便注定哪一方全盤皆輸。

愈來愈少人願意冒著被傷害的風險站到講臺上。可是，這份工作需要她，因此她謀求這份工作的難度最低。

她做出這決定的彼時還不知曉，卡曼病毒只是其中一種威脅，緊接著，讓人飽受折磨的空氣污染，立即會畫分出人的地位高低。光化學煙霧的臭氧在氣管內燃燒，過氧醯基硝酸鹽形成肺泡的自爆之旅，酸根離子隨著濕度增高溶解於雨滴裡，如果降下大雨，又是一場威脅。能夠避開以上潛伏危機者，勢必有其過人之處，因為空氣品質令出門即是風險。

陸依蓓跟多數人一樣，在無甚察覺或根本無計可施的情況下，眼見情況從黃燈進入紅燈。有選擇的人會在家辦公，在家中能設置的屏障，怎麼樣都比外出辦公的環境完善。

比她有選擇的教育圈前輩，能直接住在有權有勢者幫老師準備的豪宅，進出自由，全部免費。重要的是，那不只是家教，在其中也可以形成類似學校的組織，只不過一個班級最多十來人，科目跟普通公立學校也差距甚大。那樣的模式，在教師圈裡成為人人豔羨眼紅的目標。家教、補習班都遠遠跟不上這種專精的貴族教育。菁英階級的重新誕生，就從這類模式開始。

情況惡化如此，願意每天出門、進入公立學校教課的老師，成為最稀缺的存在。張貼招聘代理教師的資訊猶如對外求援的訊號，她幾乎能心算一間學校能夠成功聘用一位代課老師需要多少次公告，也或者，宣布無效。當學校漸漸徵聘不到代課老師，那些空缺也許由其他同科老師吃力補上，也可能到最後所有教師都得分配去任教自己毫不熟悉的內容。科目的學習將變得更虛無，原先本有資源維繫的界線鬆脫，她猜，對於選擇進入公立學校的學生來說，他們的課表將出現無甚意義的空白。

如此說來，陸依蓓預測自己未來的工作環境將會是校園裡的土水匠，得準備好手中的泥作，攪拌許久未碰科目的渾沌，耐心化開。

陸依蓓面試後的心情，搖擺、動盪，她同情那些對著她發問的前輩，也同情即將入職的自己，她幾乎想在面試當下對其發問：你們呢？怎麼會在這裡一輩子？她對自身選擇是有答案的，正式進入校園任職後，她更扼腕當初應該發問的。

她以為校內所有人都進入必須挽救自身於流沙境地的決心裡。

她還揣想著真實情況的嚴苛程度。

——妳進出辦公室要記得把門關好唷！最近風沙很大。

座位對面的短髮中年女老師第一次跟陸依蓓說的話，令她只能吶聲說好。

——哎呀，阿美老師，我這裡有濕紙巾，要不多給妳幾張？最近氣象預報提到，這幾天紫爆的程度……。

——欸對了，當初面試是看妳的學歷好。還有，滿有危機意識的，我就心想，不管了，就是妳了。黃老師，妳說對嗎？

——嗯，陸老師教書第一年，應該是很有熱情的，我們剛進這所學校時，常常解答學生的問題到晚上六、七點才回家嘛！

分別坐在她左側和對向的資深老師隔著她對話，好似她是個山谷。人是不跟山谷說話的，人只是透過山谷將聲音傳遞得更遠。幸而，鐘聲解救了陸依蓓，她起身離開辦公桌椅。

剛打完鐘的教室顯得偌大，她走進以後，學生三三兩兩地進了教室。為了撙節聘用教師的開銷，有些課會採取合班上課。

對於第一次認識的少年和少女，她設計了小遊戲，為得是讓他們互記彼此的名字。教書這件事，陸依蓓曾以為不難，以前她當學生時，總覺得臺上老師不費吹灰之力，寫板書、說話都是；不料光是要少年少女動起來，就得一一掀開他們頭頂上的透明安全帽。明明待在教室，但每個人各自戴上的、無論稱為什麼的防護用具，遮蔽了他們與她之間的流通。

有段時間，她騎車會戴著全罩式安全帽，絲毫不懼悶熱。遮得夠密實，便會成為個人行動KTV，偶爾唱到難受，她則會一邊加速奔馳一邊流淚。

這種安全感深深守護著她。

但這也是現在這些學生需要的嗎？

況且現在全罩式防護罩已經成為不得不戴上的必備防護工具。

他們跟她一樣，都是毫無選擇才待在教室裡的一員嗎？他們需要受教育，她需要錢，在沒有更多選項之際，好好拉住彼此，撐過一堂課，就是陸依蓓得做的。

23 屋子跟人的關係

Luca記得陸依蓓問他一起住的瞬間，他的相機剛拍下她在藤類紫煙的瞬間回眸。他沒問她，怎敢令陌生人去住她家？況且，他甚至連阿姑家也沒去住了。阿姑的熱情不減，還喊他Luca的人不多了，褒底的兄弟外，便是阿姑了。

可就連當初力勸他來到這座島嶼、那般親的長輩，他都會忍不住推拒。社會化了便是如此嗎，對什麼都籠上一層薄膜，下意識保持距離，彷彿本能。勘驗其源，大約是Luca被父母排除在外為始，他拿著長棍闖進街頭，想幫忙驅趕警力，可是最後他驅逐的是自己。

家庭關係和境外勢力之於他，都似一場大災，他的抵抗並不能交換什麼，倒像自己抵押出去，剩下的濃縮為黑影。

黑影該怎麼還原為實體的人？九死一生，被地震吐出，連他自己都聽膩的靈魂A面，換成B面繼續，這座島嶼給予他新身分，允諾居留，但他的命運自此進入寓言——別人逆時針如陀螺在軌道行進，可是他的轉軸傾角大到幾乎垂直躺平，電風扇的扇葉運轉般，順時針旋轉。

陸依蓓之於他是那艘曾遇過強大太陽風暴的航海家二號，他知道航海家二號曾經歷過暫時扭曲磁場的時期，故而不難推測她的表面之下曾有海洋。

因此陸依蓓詢問他的當下，他想起這段時間陷入坍縮的心境，抗拒了不少聲音或關心。為了清理軌跡，他特意繞成迴異的傾角，有意識避開數位時代下無孔不入的紀錄，他的占屋行動，他的居無定所，他迴避、刪除都是為了躲逃。所以，他自然不知道好一段時間沒聯繫的阿姑跟姑丈，均染上卡曼病毒。

這次，他看著探測器朝他飛行而來，或許許多事都沒有其必然，但就是發生了——她耗時貼近一顆氣體行星，又借該行星的重力，以最節省燃料的方式飛向他。她熬過宇宙射線強度，承受行星際磁場，穿越太陽風，笑靨暗藏的紋路都有過這樣的痕跡。

Luca 並未下定決心，他只是選擇接受。

回想起來，那的確是島嶼感染史上的第一波。

・・・○●

自從住進這兒，他便有了失眠的症候，此地建物與氛圍實在太像他逃出的城。那座城掩藏著他反覆驚醒的惡。濃稠如黑洞，不知不覺吞吃了人的行動，生活空間被不由分說的暴行侵占。

密集的人群不見得能夠隱身，反有可能遭黑洞漩渦捕捉。逃過一劫。

有時噩夢連莊，恍然清醒，意識到南方熱浪包圍的氣氛，才又舒緩下來，給自己幾個深呼吸。

當時他並不知道陸依蓓會從隔壁房門聽見他在夢中顫抖的夢話。這可是占屋時期沒發生之事。

盤榕糾結，纏繞的青蛇母，沙沙沙沙自不遠處乙乙趨近。迫不及待的趨緊，悄無聲息，勾起潛在的暗湧。

一開始，陸依蓓在夢中聽見珊瑚礁大量白化的聲音，殘忍而具有毀滅力道的污染源源而來。最初她錯覺為自己的噩夢，具體臨近的傷害如此超現實，深不見底的幽暗之中，海量魚群瞬間斷電死亡，翩然墜落如流星，寒冰般的水面之下，她挽救不了任何一顆。她伸手去抓，木然無神的魚之眼冷冷回望著她。恍然驚醒後，她意識到嗡嗡然的背景音並不只存在於她的腦海。

房間相隔的窗縫溜進一些線索，陸依蓓尋聲所至，發現那是 Luca 嘴中製造的聲響，不似人語，混合著體腔內的雜音，他雙唇微開，眉頭緊緊拴住，深陷網羅般沉溺又掙扎。

她伸手觸碰了他略微糾結的臉，像是要撫平一張皺折過多的紙。指尖濕潤，這張紙早已因汗水而泥濘。

陸依蓓突然很願意了解這個異鄉人的人生。她在對方無意識的震顫中，感受到了這幾年來壓抑住的苦楚。痛苦能夠呼應與疊合，她閉上眼睛感受這種流動。

她想起姆姆跟死去的父母。

在麥雅文說起他更深的身世之前，她彷彿就已感應到他的脈絡。後來的歲月裡，她益發肯定，遭遇相似之人會有他們雷同的共鳴。

・・・。●

是日夜裡，麥雅文並未曉得他的夢魘能夠暫緩是因為一雙手的安撫解救了他。蜷曲的內在因為這個舉動緩緩紓解開了。

住進這社區裡的Luca，奇蹟式地從失眠壕溝裡爬出，不再那麼畏懼夢中閃燃的彈火或突如其來的哀號。血液噴濺的畫面模糊起來，一股沁涼的潮水沖刷著他，全身隱隱然被托起，極度怖畏的心情離他遠去。

真是完美的一覺。

他晨起準備起早餐後，看見睡眼惺忪的陸依蓓便格外神清氣爽。

外婆呢？他跟著這麼呼喚。

哦，她還在睡呢，等會兒她會自己起來。

陸依蓓穿好正裝，囫圇吞吃早餐。

噩夢原嚟並不可驚。或許就如他幼時曾聽阿婆說過的九龍城寨，外人看來跟安全扯不上邊，卻自有規律心搏，一旦放鬆跟隨韻律，便不怕滅頂。Luca想著，何況此地風光明媚。他還不適應這般熱烘爐天候，心臟有時不太受控。

晚上我帶李家圓仔冰回來，你吃過沒？陸依蓓用力踩進鞋跟裡，逆著客廳窗戶上的光，她身周揚起無數微塵，讓他下意識避開眼。

不管啦，今天太熱了，你不喜歡這家，我也順便買其他家。陸依蓓每接近上班時刻，語速就特別快，這勾起她以前跟爸媽一起開店時，面對客人繁雜的點餐需求，她都能接得住。她被客人稱讚過聰明，說是說話快的人，腦子運轉得快。真有那麼回事就好了。她瞄一眼門口的穿衣鏡，呈現的是她想像中的工作服裝，呆板，保守，色調晦黯。她所在的樓層內外觀，俱是這般。童年時還不覺得，時而至今又加上歲月引致的斑駁，過度整齊的線條，舊式電梯，淘汰不了的腳踏車，全都沉積在一樓公共空間裡，有如宣示跟標記某個年代的必然性。陸依蓓不只一次想著，外公關其岩若再活得久些，他的背影一定會成為灰色中的一抹。哪怕印象中的外公生前再高大威嚴，胰臟癌三期之後的身體已經縮成病床上的灰點。那個時刻，她說話一點都快不起來，也根本無法提議再帶點什麼好吃的給外公。她記得向來冷靜的母親掩面，淚水蔓延成一條無聲的圳，舊城外那川靜默。宣告死亡那天，左營一帶的天候極度不佳，一反高雄向來的氣溫變化，讓所有沒穿外套的人微微顫抖。陸依蓓不敢看外婆，甚至一句話都不敢說。

從那個時刻到此時，陸依蓓能夠對一位異鄉人重新說起貼近話語，這使她心情好轉不少。

路上小心。

Luca用廣東話向她喊了一聲，順道給了她一把相當堅固的傘。遠方的雲朵半透著日光，模模糊糊，她不確定今天會不會下雨，但有人替她想到這些，讓她心情很好。

24 大肆流行

Luca 失眠獲得緩解了，不過睡眠的時長彷彿進入新的制約，他自動清醒的時機是無限透明的藍。

那種藍他不陌生。整個大夜守在某地，掙扎不睡只為觀察警方的煙霧彈是否出現。深深凝望天空微暗將明之前的十多分鐘，即是下個衝鋒時刻的前哨。

肌肉緊繃，心跳加快，只要他一回想，身體就自然反應。

那是睡不著的戰爭狀態了。

都過多久啦……他埋怨身體，為何還需要保持這種張力？香港再不可能回去了，連站上街頭的機會都不可能再有……。

因為這場新的失憶之戰嗎？

他不願驚動任何人，帶上鑰匙，穿好鞋，隱入藍紫色暗空。

無人知曉過往他是個熱愛跑山徑之人，來到寬敞平坦的港都，他的身體隨時都處於緊繃的狀態。他不明白是因為在香港未有機會好好流淌眼淚，抑或是日光炙烈到皮膚膨脹疲倦。完全屬於他的空白只有摸著黑的早晨。

多年後，他將益發想念這般自由的獨處時光。對他來說，繞行在這幾棟建物裡奔跑，有種突破迷宮的暗示。缺角的庶民宮殿，毗靠港灣卻又遠離市中心。偶爾他望向天空還未熄滅的星子，憶起偏移了軌道的故鄉。

汗水帶著潛藏的思緒，流經背脊，濕透了衣褲，跑鞋的邊緣也出現汗漬。

汗水浸潤的皮膚被海風一吹，全副武裝的警察追趕，射擊，施以棍棒或子彈的片段就會閃入麥雅文眼前，他為了閃躲，練就了疾馳的能耐，帶著任何錄像設備隨時起奔，攝影得夠快，他就能記下在洶湧之處所濺出的恐懼之淚，誓死抵抗到底的血痕。

這些除了化為硬碟內的檔案，他的身體亦留下存檔。他的膝蓋會記得彎曲成一道ㄑ，用來承受往下跳躍的力道，雙目則時時縮成U字型，阻絕強光和毒霧。A則是張大嘴巴的吶喊，將自己當作一個洞穴，深處含著委屈憤恨，從咽喉深處衝出的並非詛咒，只不過是訴求，懇求泣訴自己還能擁有最基本的活在這社會的尊嚴。

身體是腔室，跑著就震落出這些餘音繞樑。

移居異島，燠熱軍港旁的社區內，他沿著弧形跑至方形建築，一路能跑至大馬路中央圓環那堵舊城牆，如此算是完成一半的路途。偶爾，他會不顧一切跑到能看得見海的左營港。假若是這樣，港邊帶來的風會澈底軟化他，這種冒險多半會令他氣力盡失，終途只能選擇搭公車返程。

彼時，陸依蓓眠時淺淺，她偶然留意到 Luca 大清早就不見人影。

她知道的。

幾年前剛失去父母時，夜裡也不能寐。後來看了身心科，試過各種方式，仍未好得完全。寄居在她體內如蕨類植物般繁榮的泥盆紀離她遠去，而現在非得出現三葉蟲和鰓曳動物門，她的時光不再如此安靜。演化有生有滅，埃迪卡拉生物群滅絕、藻類繼續，不過她預感古生代即將告一段落，這種交界震盪期令她不得不在日夜交界處起身。

陽臺是絕佳的發呆地點。

陸依蓓並不想相信星象，占星所暗示的吉凶禍福，水星逆行的開始結束都與她無關，至多她只想單純凝望天空。抑或發怔——望見社區小公園裡介於遊走和運動之間的老先生、起早騎著摩托車卸貨的早餐店老闆娘，有些單從行跡就能約略判別對方是誰，但多數她感到陌生。

陸依蓓跟這些住民維持恆定的距離感，星空稀疏的時辰裡，她怎麼都不想下樓。完美避開所有照面或交談之可能。

面對Luca，她也盡可能成為一顆進入自身軌道的行星，不繞著他過度關心。Luca每天晨跑回來，便會為家裡的所有人做早餐。煎蛋，火腿，牛奶，這些林素蓮起初吃不太慣，所以便囑咐她去社區早餐店買包子豆漿。

屬於這個家的早餐豐盛至極，冒著熱氣，來自食物的蒸騰氣息容易讓人放下前一夜的焦慮或憂愁，獲得滿足的滌淨。日頭炎炎籠罩的小公寓裡，陸依蓓、Luca與林素蓮之間交互遞著各種吃食，俐落又自然，漸漸地她感覺天體運轉背後所編織的故事，或許真能諭示未來。軌道不曾相交的星體，偏離、趨近，任何迴異旋轉都具備重要意義。這些繞行鬆動了她過往的固執，不自覺主動打招呼，在幽暗天色下冒出熱情語調。連林素蓮都感受得到陸依蓓的改變，而工作場合開始有人稱讚她親切，甚至漂亮。

實際上並沒有發生任何事。不過，她開始主動加入準備早餐的過程。Luca沒告訴她，因為這件事的改變，使他悄悄遠離無眠的漩渦。他不須再仰賴極度的疲倦，相反地，安心重新成為他的保護盾。

不知何日開始，他帶回一盆植物。第一盆到數不清的土盆、塑膠盆或陶盆占據了空間，書桌一角，海州骨碎補在陶製的花盆中，類似兔爪的根莖和細小蕨葉顯得輕盈可愛。觀音座蓮的葉片會隨著陽光的強弱改變挺起或垂下，且萌發時會有兩片木質化的托葉保護著幼葉。掛在晒衣處的是金黃葉片的黃金瀑布蕨，它垂散的模樣，恰好跟波士頓腎蕨的直挺有別。

不同層次的綠，讓陸依蓓不知不覺養成晨起為盆栽噴灑清水，為每盆蕨類造雨的習慣。這習慣搭上他的失眠，她的多夢，益發盎然的綠意似回報以保護的力量。

其實她有個錯覺，屋內的盆景正以無法理解的速度增生。

這些盆景似乎能無性生殖。

某日，她比他更早起，這才發現外婆正在桌邊不知忙些什麼。湊近一看，外婆擠壓並剝開紅色果肉，取出黑色種子。

林素蓮知道她醒了，便交代她去清洗、浸泡。

「妳知道嗎，給這盆子鋪上培養土，再來是小石子，噴水，短短十餘日，妳就能看到細小瘦長的莖撐開石子縫隙冒出來。」

陸依蓓就著不開燈的微光，處理著植物誕生的預兆，不知為何心底舒暢，比縮著淺眠好。

「阿蓓，妳見過慶典時大家頭上的花環嗎？」外婆指著數盆腎蕨說，「以前，我們會用兩支或三支羊齒，交叉編成長條型。等到快編到尾端的時候，就照樣接續編織加長，最後調整成適合的長度。」她比畫著，「再用萬壽菊點綴，多美！萬壽菊種子落在哪兒都能遍地成花，妳我都有這樣的血脈。」

「下次就幫妳編一個。」林素蓮看出小孫女不捨得以蕨類為環，便這麼提議。

轉開門鎖的聲音響起，那是麥雅文回來了。

「也給他編一個。」

Luca 渾身是汗，氣喘吁吁的，一臉不明白。

「讓你獲得桂冠呀！」陸依蓓笑嘻嘻地，她伸手朝他，接過早餐，遞給他一杯水。

這舉動讓他頓了半晌，已許久未曾有家人遞給他什麼。

林素蓮朝廚房冰箱走去，拿出冰鎮好的仙草茶，而陸依蓓準備碗筷。他忽然有個模糊的聯想，如果能夠繼續在這住下去，他會像這些盆景一般，生出新的芽來。

・・・○●

某個時期，新聞報導會無所不在。

一旦遇上完全不可控的危機，民眾觀看電視新聞報導的頻率會大幅覆蓋其他選擇。

每一則新聞都是預言，戲謔來說，自身的災難自己追。

卡曼病毒傳播的途徑，專家並無定論。不過，它顯然能摧毀一個人的神智。印度的那支影片彷彿有傳染力似的，各種長短影音是孢子，孵化出每個人心底的恐懼。分享自身的恐懼，讓孢子起飛，抵達比任何人想像得更快。她曾看過一篇報導，孢子囊能以至少兩萬重力的速率被噴射出去，而子彈僅能以九千重力的加速度行進；比子彈飛得更快，這就是孢子的生存之道。人們散播恐慌的能力，或許與之等速。她自問，孢子的散播會需要多少光年？在影像世界澈底包圍她之前，她過的生活是怎麼樣的？在智慧型手機全面擄獲人心之前，她幾乎快想不起那樣的生活了。

現在，影像以光速之姿朝她襲來。她，也是千萬個她或他。歷經上一波疫情的人類或許懂得，能夠摧毀人心的確實是未知的病毒，然而更能從中操縱的是意圖。

陸依蓓想起幾年前內在因為騷動產生的感受。

她安靜地蜷縮起上身，恍如眠中之蟬，無言等待經年之後破土的那日。

醒時，她注滿澆花器，容許蕨跡擴張，蔓延生長直至遮住她，外婆，以及負責帶它們回來的，Luca。

即使神祕到充滿致命吸引力，任何進入黑洞的東西都會永遠留在裡面，任何擊中黑洞的光都會困囿其中。離黑洞愈近，感受到的重力愈大，陸依蓓能隱約感知到麥雅文與他的所來處，便是銀河系裡的人馬座 A*。在那，雙眼看不到任何光子，大腦會將其解釋為黑色。

然而，那也是她想關心之地。

因為她能感覺到他還未進入黑洞的這一邊，每每想及就慶幸，都令她想緊緊擁抱。

25 輪迴

跟二〇二〇年一樣，Luca 習慣一拿起手機，就先瀏覽今日死亡人數。

現在更先進了，App 一開，系統顯示卡曼病毒造成死亡、重症、疑似感染的人數；另一個視窗滑開，世界各地沙漠化的模擬圖，島嶼沿海地區不得不接收來自中國的狂暴沙漠影響，至於島嶼高山區域，早在數十年前就因為超限開墾，林木清除殆盡，種植的高山農作只增不減而埋下高山沙漠化的前兆。他曾藉由紀錄片空拍的上帝之眼見過光禿裸露的土灰山頭，黏附其上的成排茶樹，星點般綠意是蔬菜，果樹群裹著一個個紙袋遙望著像是雪霧，一座用黏土捏壞的山，妝點其上的綠意狹小到可憐，簡直挑釁山的本質。現在，它們都被正式宣判再也不可能復原，國土銳減，能夠勉強抵擋住強烈沙塵暴的宜居地一日日變少。有時他也不明白為何需要自虐式瀏覽這些，難道是自嘲即將能看見這座島成為火星的一部分嗎？

至少得擋住卡曼病毒，他跟陸依蓓互相許諾過，這份許諾的本質在於「願意」抵抗。他們會做一切事情以拯救於萬一。卡曼病毒的症狀主訴嗅覺失靈和記憶喪失。二〇二〇年那場大疫也曾短暫剝奪過人類的嗅覺或味覺，但當時最忌諱的不是這些，而是肺炎合併低血氧造就缺氧性呼吸衰竭，敗血症或持續的病毒感染導致低體溫而形成心因性休克，罹患此症的肺部白花花一片，肋骨陰影險些看不見，恐怖得很。而嗅覺暫時性失去功能的情況，如今也成為判斷一個人是否罹患卡曼病毒感染的依準。

沒有嗅覺輔助，日常生活多了不少危險因素，通常短期記憶也往往隨之流失。醫師認為嗅覺跟記憶之間的高度相關讓一切變得複雜，照顧患者的親友無法勸服對方當前的真實度，最後只能跟著無力深旋進古老回憶中。

失去記憶了怎麼辦？

Luca與陸依蓓都想過這個問題，並且各自陷入頹然的孤獨裡。他們除了想到自己，亦不約而同念及僅存的親人。

陸依蓓為此做了氣味喚醒包。

其中一袋她撈取了礦物氣息，鐵鍊船錨與幾艘木製漁船，生鏽的金屬與潮濕木料香，加上飄散的咖啡香氣；而仔細再聞，最後浮出的氣味是植物略臭的味道，濱海的草海桐茂密防風，實則藏有一絲果實微甘的氣息。另一袋裡，垂榕散發著微弱的草香，混合著強烈香味的樹脂。還有那麼一袋，米香隱微，仔細辨別，酥皮油脂味之外，也有微微刺激感的胡椒味。

乾燥後的花材、海鮮乾貨，凝結的脂類，萃取提煉的花香或果香，陸依蓓將這些當作樂高積木，組接成一道又一道氣味的門廊，在每一天特定的濕度與溫度下，讓嗅吸的過程作為抵禦腦海被虛無蠶食的預演。

她在麥雅文的房間、林素蓮流連的廚房都放上一個，日日抽換。晚上回家時，每人都得說出屬於今日的氣味故事。

晚餐時間，林素蓮邊煮菜邊哼起歌，令陸依蓓笑出聲來，她聽出外婆總有奇思妙想，古謠跟炒山蘇，她的布包裡正有破布子。

麥雅文則會交出一張照片，也許是途經餐館的掠影，或是拍下豔陽和大樓陰影之間的銳角。她尤其喜歡他拍攝的河畔夜景，整張照片密布著光點，宛若絢爛糖粒。

「這張，我對焦那顆最大的光源，然後用觀景器觀察最靠近我的燈光，確定它的散景效果，這樣就能決定焦距。」陸依蓓幾乎能隨 Luca 的描述如臨現場，觸及那份清亮的耐心，透過輕挪微幅調動，她忍不住脫口，「嗯，知道該在哪個地方等待是重要的。」

這句話令 Luca 夜裡又多了能思索的內容。

他的父母阿弟確實已不在老地方等他了。但他選擇在此等待。他揉了揉眉心，又睜大眼，像是要看穿什麼。他笑了笑，知道一切太遲，撤退到這座島嶼，或許只是想賭一把大的——當世局墮入一沉百踩，他能把握的就是拋卻一切的決心，包含那些自幼認為是好的，一概放棄。

他得對自己說，我已經忘了。

我已經忘了過去的那個我，洗掉重來。

他走進陸依蓓的房間，靜靜握住她的手，並不意外獲得回握的力道。

・・・。●

Luca 曾思考過該怎麼保存在一起之後的每一天，他提議用影像記錄，而陸依蓓附議的是畫面可以有，但不要露臉。陸依蓓對於保護個人隱私有股執拗，她深知深偽技術和ＡＩ搭配的擬真，足以再把世界混亂一遍。

基於這個約定，他倆留下許多只有身形或背影的出遊影片，鑽進獼猴群居的山，她引領他走進大峽谷，行小錐麓，鑽金瓜洞，那是榕屬植物纏勒的地盤，亦為鉤刺和長枝條橫向攀附的樂園。腳下的珊瑚礁石灰地質，孔洞處處，似有無數小嘴匍匐於蓊鬱樹叢下，等待一不小心，主客互換，掀開一簾幽夢後，跟不上蜿蜒曲折，顛躓半刻，就讓哪張小嘴咬出血來。他也曾央著她掐緊外出的時間，一起尋覓季節限定的幻紫色的奇谷，紫斑蝶振翅向南，棲於大武山麓鄰谷地避冬，天色清朗下的流紫齊舞，百萬計的脆弱撲翅在空氣中引發春色震動，些許停在紫色的蕾絲金露花，小梗木薑子的金黃花蕊亦有蹤跡。澀葉榕上成排的密集點綴，令空氣壓不住那股熱烈。

為了製造回憶而前往他方，麥雅文做得遠比她想像的好。過去的麥雅文拍的是香港，現在他留下的是他在新國度的生活，道理亦相通。

陸依蓓並不知曉自己早就看過他的作品，演算法推薦了向來著迷動物攝影的她。超連結的網域對她投放了未可預期的資訊，她循著一幀又一幀犬隻，再閃進貓崽的誘人照片。她還記得自己把手機端給正在備料的母親看，店鋪貓咪的系列照。乾貨店裡橫臥的橘貓、市場菜攤翹著尾巴的黑貓，這些照片裡有種既熟稔又溫暖的氣氛，凝結了香港快速流動生活氣息一隅，街市每一處空間皆綻放著屬於人的光彩，她幾乎能想像交談聲鼎沸，忙著送貨、找錢、找座位，吃喝逛街時常聽見的俐落叫賣聲。時光彷彿沿著她的視線，略為平行地滑向過去。

這位攝影師成為她鎖定追蹤的創作者之一。她就這麼追著一路到了二〇一九，照片不再更新，甚至某日當她點入網址已然失效。她想知道這位攝影師轉行了？或是出於什麼迫不得已的原因，不再繼續熱愛攝影？那些她曾窺視過的是時光碎片中最精華閃耀的存在，而她再也無跡可尋，心情失重漂浮，她的部分歲月彷彿黏著在照片上，就這麼消失在某個宇宙中了。照片其實並未消失，散逸在觸碰不得的平行宇宙中，只是她失卻了入口。

小宇宙再度相連。屬於陸依蓓某段人生的碎片猶如彗星撞擊，重新復返。她本以為的陌生人 Luca，早已用某種方式與她相識。

這次，她做好決定，必得留下這一切。

屬於她跟他的記憶放諸整個世界，連千萬毫米微塵的計算都有困難，從星球宏觀的存續來說一點也不重要。它只會留存重大軌跡：恐龍滅絕、核能污染、冰山融化、地質變化或地殼板塊移動，這般需要被撰寫給全人類看的事件，包含現在他們所共同經歷的卡曼病毒。可是，選擇投注心力在此，則非每個人都能擁有的意願。她將此視為他倆的特殊之處。

病毒未來將會先攻擊誰？類似的念頭經常會穿插在忙碌的生活片段中。

別發呆，快來幫我處理一下畫面。Luca 也會順便叫醒她。

沉溺在悲觀情緒裡怔愣的模樣，似乎很容易被他辨識出來。最近，她感覺他雙眼益顯明亮，一點也不像被世紀病毒威嚇的人。澄淨，身上揮發著明亮的有機質，唇紅齒白的笑容是青春的能量體，彷彿隨時都能飛天遁離。

她知道自己看向他的目光是什麼樣的，他們之間不知何時已有公轉的關係。

林素蓮想必是知道的，她偷偷對著外婆的舉措微笑。凡林素蓮以為藏得很好的東西，一概都會被她發現。比如戒指，或是她小時候愛吃的夾心餅乾。

26 不祥

外婆今天還沒回家。

Luca 打了一行字，把其餘的都刪除，發給陸依蓓。

他跑過理髮廳、水果行、燒臘店、林伯的麵店，連幾戶他認為外婆熟悉的人家，他都去按了門鈴。

隔著鐵門柵欄也戴著口罩，偏偏聽不清他的話，彼此雞同鴨講半天。

外婆的手機放家裡。他會發現她愈來愈常漏了鑰匙、雨傘跟手機，有次他在整理鹿角蕨，正在分株，疲累不堪，門鈴卻急促催魂，以前他住香港時常聽到的那種，要是附近鄰居在家，肯定要隔著窗戶罵囂幾句的。

他一開門，發現是光著腳的外婆，一臉茫然地看著他。

他若無其事地從鞋櫃拿出那雙真皮的平底鞋，「外婆要去唱歌吧？」他瞄了時間，通常下午小睡後，便是林素蓮大展歌喉的時刻。她會找朋友一起唱，卡拉 OK 或是合唱團，她每個都不錯過。

轉傳。

陸依蓓老是打趣說要幫她們錄影上傳，只要外婆唱曲的能耐被看到，一定會瘋狂轉傳。

妳外婆是喜歡被轉傳的喔？林素蓮說，口氣分不出喜怒。

陸依蓓摸摸鼻子，要不轉去廚房切水果，要不找到屋內一個能打掃的地方。

明明很重視唱歌，卻忘了穿鞋。Luca 猶豫著要不要跟陸依蓓說。

遲疑於說與不說，這不只一次發生在他身上，他甚至還猶豫要不要讓弟弟說出自己的行蹤。他沒想到當自己鼓起勇氣聯繫上弟弟時，他已是英國的工程師。彼方端點所說的話，距離麥雅文很遠，他明白那不只是物理空間，而是截然不同的生活將他們一刀兩分。

「爸爸媽媽呢？佢哋喺做乜？」

「你還知要問佢哋近況？唉，算啦，佢哋過得好得很，喺英國安頓下嚟之後，阿媽仲去翻工，阿爸就成日搞佢花草。不過而家都講唔准，我冇同爸爸媽媽住一齊，所以都好一陣冇更新佢哋嘅近況。」

Luca 沉默著，他的神識瞬間被抽回整夜找不到母親的時機點。從那時到此刻，他預想過許多可能，幾個安全的，一、兩種深具威脅。在臺灣他不敢多加聲張，社群帳號全都換新。他本想說一、兩句，話到喉間便又吞下。他能夠述說的故事過長，遠非通訊軟體能安全承載。曾無意間瞥見自己的照片與姓名張貼在中國新聞網上，標題上寫：某某年輕男子出遊失蹤，父母重金急尋。初見當下，他想盡辦法隱藏自己，有如遁進城市裡最隱蔽的水管，將所有可能的資訊蜷縮在他能掌控的範圍裡。

這不是真正的尋人啟事，而是獵捕。然而，他不會跟弟弟說這些，已經定居英國的他不會懂。至於病毒籠罩下的生活，他亦不必多問，想來其他家人過得比他安全。但他亦感可笑，自己還曾以為上傳記憶，能為他和家人找到重逢的契機。

掛上電話後，他看了通訊時間，不過短短五、六分鐘，窗簾外的夕日直刷落底，整個社區沒入藍色暗夜。

看向大門，Luca 正在估算林素蓮回家的時間。他揣測那是一道障礙賽，她堅定拒絕途中補給或方向指引，寧可錯跑到其他無關的賽道，也不願坦承。

他想說服自己放鬆下來，走進廚房，取出晚餐需要的菜色與佐料。這是他新養成的樂趣，且顯然能成為技能——林素蓮教他到市場買菜，揀菜該怎麼挑去不必要的粗枝，刨皮必須又薄又快。許多瓜果菜葉之於他都是新品種，而來自山上的林素蓮偶爾會讓他認識野菜：龍葵蛋花湯，水滾放進洗淨的龍葵嫩葉和小魚乾，待水再次滾起時，緩慢倒入蛋汁，起鍋前灑幾滴麻油，一小撮鹽，嚐來是蛋香與龍葵的清淡苦味；至於洗淨殺青後的月桃葉能包裹米飯跟豬肉，層層剝除月桃莖外層葉鞘，取出月桃心跟肉類一起快炒，清香解膩，據林素蓮說，這就是她幼年時常吃的一道，大人們總說，可以驅蛔蟲。

從山上特地開車下山賣菜的發財車，載來的菜色不一。Luca 只要跟著林素蓮，多半都能見到一、兩種新品種。林素蓮一面教他怎麼煮，有時也帶著他到淺山去找。

他對香港蔬菜的認識，細思起來只是忙碌生活裡夾帶幾秒鐘的存在。以前工作高壓，對帳時尤其戰戰兢兢，他腦海充斥皆與日常無關，驅使他每日早起通勤的動力是更高階的職位，其他可以略過的生活細節，一概能回收。

現在他所做的，也非把回收絞碎的再黏貼。防範抓捕的時間裡，他蹲下身躲進這些無害的瓜果蔬菜，保護色極佳。除此，他亦很快地熱中於蒸煮烤煨，將過往費心攢積的時間全釋放出來，尖銳的匕尖向內，逐漸打造出溫暖的巢穴。

那天入夜，一桌菜只有他跟剛回家的陸依蓓。他手擦圍裙，來不及跟她多說什麼，她似乎就明白他的眼神。

她戴著口罩，匆匆拿了手機就往外奔去。他跟上，解釋他確認過外婆的下午去處。按門鈴，住在理髮廳二樓的李奶奶沒來開門，陸依蓓急按幾次，換來男子不耐的聲音。對方開門，見她愣了一下。

「不好意思，請問你媽媽呢？我外婆今天下午應該來過你們家打麻將？」

中年男子面色疲倦，也不推拒她，直接把門打開：「我媽他們下午玩過麻將……我午覺一起來，就發現我媽不太對勁。我剛剛才送她去急診，她被醫院留下觀察，說懷疑可能是卡曼病毒。妳外婆不在這，她們幾個剛剛都直接離開了。」

陸依蓓下意識地跟他保持距離，匆匆道謝。卡曼病毒的傳播途徑醫界仍無統一說法，她唯一能做的就是避免自己受感染。

那日，她跟 Luca 找了外婆許久，又報了警。她到家時，無心吃飯，忙著先做了協尋失蹤的傳單。

檯燈的光從不規則狀房間透出，那扇門裡的背影看來挺拔堅毅，可是 Luca 在背脊突然彎駝下去的瞬間感知到破碎。光束彷彿半穿透了她的身影，令他想起幼年著迷的海。

那時差點溺水的他，抓住朝他伸來的一雙手。

他輕敲門，走進陸依蓓的房間，印表機上躺著幾張印好的傳單，薄得隨時能被風吹走。他替她拾起，用指節輕輕捏住，遞給她的一刻，他乘機握住她的手。

與其這麼說，他會重新說一次，他感覺她亦同時抓住他，猶如求救般。

深海中的他倆以全身氣力撐住四面八方的水壓，正要緩緩往上浮。他吻了她，那個吻就像他想渡氣給她那般急切，又小心得怕對她有任何傷害。他非常相信，她跟他一樣，不經意遭暗流捲入，歡快的浪花離自身愈來愈遠，直至換進沒有光的所在。

咒語似的，他對自己也對她說：我一定拯救你。

27 惡之花

林素蓮失蹤後一週，陸依蓓接到電話，對方自稱來自「〇〇郵局專員」，從背景音聽得出櫃臺叫號聲，對方急稱有一名女子拿了外婆的雙證件至郵局申辦業務。

「請問是林小姐的孫女嗎？好，那麼接下來我需要先跟陸小姐核對您的身分證字號。」

對方唸了一串，剛從床上醒來的陸依蓓依著住址、身分證跟電話一一應答。

Luca 從旁替她按掉通話鍵，「這是假的。」他話語篤定。

「你怎麼知道？」

「那一聽就是詐騙。」答得俐落。

陸依蓓聽畢，拿出所有貼過的傳單照片，也翻出社群帳號讓他看了一遍，一條釣線伸在她眼前，她主動拿來鉤住自己。

查了網路，果真如 Luca 所言，又是一則利用民眾擔憂個資外洩而進行的詐騙。

陸依蓓扶額坐回床邊嘆息，尋找外婆的過程，隨著猖獗的局勢，愈感到渺茫。她期待不僅找到外婆，且須她毫髮無傷。矛盾的是，她也怕找到了人，但真正的林素蓮早已冬眠於未知領域。

卡曼病毒之威力，難不成就應驗在外婆身上嗎？這麼輕易就能拉垮一個人的記憶，那她和 Luca 哪天遇上，又將如何？她的理性能明白記憶成形的歷程，每一筆感知都會經過前額葉皮質編碼，海馬迴轉而組織為易於回想的形式，皮層編輯記憶，篩選重要回憶。這三個步驟反覆如萃取咖啡般，每次成功提取，就能讓記憶的根鬚更深。那麼，外婆因為丟失了什麼，才找不到回家的路？

她無論怎麼想，也臆想不到外婆消失的原因。

查找資料，焦慮症發作一般刷新各種討論，試圖在專家的激辯中找出真實的路徑。推薦 iCanBrain 的醫師首度在收視率最高的談話性節目出現，其背景看得出是自宅，臉上戴著金框眼鏡，略顯豐潤的臉型加上有條不紊地舉證學術期刊的研究數據，專業度迅即讓陸依蓓直盯著，深怕漏掉任何訊息。

Luca 整理陽臺花圃時，瞄了一眼，「他看起來很像以前我做的那行。」

「不可能吧。」她確定節目來賓的職銜是醫師。

他收拾到一段落，坐在沙發上。來賓跟主持人在線上輪流問答後，螢幕上出現了

ＭＮＮ公司的字樣。那是一則創辦者的演講剪輯，侃侃介紹ＭＮＮ作為一家社會企業，已經跟不少政府簽署合約，獲得可觀的產製基金。螢幕上出現一位華裔女性，身著訂製西裝，搭配低跟高跟鞋，垂肩長髮，微挑雙眉和不太對稱的細長眼睛，典型外國人認定的亞洲臉。她的英文毫無瑕疵，引述企業過往年度目標時有理有據；可真正說服人的都不是這些，她口中所說的是，affordable，這些醫療方案雖無法立即通過各國健保法案，但至少人人負荷得起。不多也不少，她強調，不因為富豪而獲得更寶貴的資源，一切都由ＭＮＮ以最公平的方式分配。主持人暫停播放，提出他的疑慮，他跟來賓之間仍有漫長的討論，然而就觀眾角度來說，能夠使用這套開發多年的設備，不無挽回記憶之可能。

這時螢幕出現創辦人關艾學（GUAN, AI-XUE）的字樣，而她繼續以具磁性的低沉嗓音說話。年輕、聰明的外貌卻不減專業的表現，很快引發網路熱搜——關艾學的學經歷、出身，乃至她罹患過的疾病到痊癒之路，點滴細節慢慢引發眾人追捧，在Threads介面，再小的發言也可能被放大，幾則點閱率驚人的經驗文引來轉貼跟回文浪潮，如同當時卡曼病毒發作時引爆的流量似的。愈來愈多人本能地丟餌，咬餌。關艾學是她的個人頁面，追蹤人數飛速地漲到世界級明星的等級。

Luca理性得多，面對這類讓人振奮的消息，他的第一直覺是後退。他在香港那幾年遭遇的經歷教會他戒慎。他跟手足都像水，哪關鬧了，他們就改道而去；他也必須像水，先摸清楚容器的樣子，才決定是否緩緩流入。

現下浮出檯面的失蹤案件，發出公告的家人親友急如熱鍋螞蟻，然而失蹤人數過多，便有好幾種可能。陸依蓓想像得是某國在肺炎爆發時，驅逐民眾進那隔離的鐵盒子，死人墓林般擱置一個個活生生的人。她也跟Luca提過，也可能是擄人勒贖？心臟不太好的外婆，說不定舊疾復燃？

介於歇斯底里幻想跟瘋狂之間的想法，逼得她開始失眠。當她知曉世界上有iCanBrain這類儀器可供罹病者復健，且復原機率高，即便節目不直接提供行銷方案連結，陸依蓓也很快找到MNN的網頁。設計簡潔的頁面，直接導引受眾進入方案內容。iCanBrain不貴，配套措施的費用加乘也有理據，看起來像廉價航空的經濟艙，加價方案端看需求。陸依蓓認真計算了一下，她能負擔得起。她鬆口氣的同時也責怪自己此前對這些心懷抗拒，朋友們跟她說起、新聞播報多次，她總心不在焉，打從心底不相信，讓她差點沒趕上末班車。

現在，她確實認真耗時間跟它搏鬥，朝它貼身進擊，依然充滿懷疑。

不過，當一切都加快進展，各國有關醫療保險的行業或國家健保單位，紛紛釋出與iCanBrain治療機制合作，甚至費用減免的方案後，疾管署跟健保局也願意先行試辦，參與記憶修復的大工程。

誰倒下，誰又裝上iCanBrain，個案以指數成長，陸依蓓突然意識到，從她在網路上認識關艾學以來，身邊的人都有了MNN。陸依蓓最終買下「家庭方案」，搶到前10%的份額。

更早的人遠比她有謀略，iCanBrain就好似房地產，人人喊買喊漲。

‧‧‧○●

買下iCanBrain之後，陸依蓓心中的虛浮並未趨緩，它像一顆膨脹得愈來愈大的氣球，氣流竄動或是一隻飛鳥掠過，它都會搖擺得厲害。

她試著戴上iCanBrain，它外型乍看只是普通的耳罩式耳機，麥雅文跟她一起掛戴，在還未開啟的螢幕前，映出一對等在鏡頭前的男女，可比九〇年代MV裡擔綱的男女主角。

「你先想一個畫面，我們都有經歷過的。」陸依蓓解釋第一步。

Luca 撥動了下頭髮，他來到此地時間不長，卻什麼都經驗過了。

「占屋行動好了，」他對陸依蓓微笑，「那是我們第二次見面。」

陸依蓓和 Luca 分別在穿戴機器中，各自影像化了他們記憶中的行動。她側重的是外婆陪著她一起的細節，迎風呢喃的歌曲旋律使她心折；Luca 則是將那段短期進駐的時間切分得極細，在他回憶的最大範圍，他倆穿梭在半空的建物，打游擊式借居豪宅的情景酣暢淋漓。

他們看著螢幕上的數據，腦部區域存在活躍的光點，漾出一道圖樣。

「這些點狀算什麼意思？」Luca 問。陸依蓓翻閱說明書，厚實的文字量讓她幾乎迷途，「我也不確定……某部分的腦袋功能被活化？」

「腦袋裡面像聖誕燈？」Luca 總感覺不太對。

「那不然先不要試共同記憶模擬，我們來做認知功能訓練。」陸依蓓按了其他按鈕，「你要數字遊戲還是猜謎？」她說完後，空氣中似乎同時憋了一種可笑的氣氛。

「這麼簡單，真的能鍛鍊到大腦嗎？」Luca 質疑關艾學反覆保證的，運用這臺儀器能強化記憶，保障不受卡曼病毒侵蝕後雪崩式的失憶。

陸依蓓把選單拉到底，「不知道啊，我要把每一種都試過。」

Luca 沒再多說，他眼中的她，與數年前的自己疊合了。

心智縱使遺忘，鞭擊肉身的痛徹心扉，又或是警棍強硬的力道，以及燻得雙眼刺痛燒灼的感受未曾消失過。背負這些是麥雅文，以及每個暗夜對抗黑暗的他／她所共有的。上街的每個日子，急促拉下選單，在街口，在橋上，單純遊行喊口號，或是突然之間必須奮力奔跑，全副精神應對天降暴力，皆是在同一個欄位選單下拉，不得不全部走過一輪的選項。A 選項到 Z 選項的方案，再怎麼組合，輸局都在那。

選擇戴防毒面具上街的夜晚，宛若將過往那些面具頭盔下的所有記憶再穿戴上身。腳步益顯倉皇。Luca 深信，人類跟動物最大的不同之一是記憶的多寡，動物縱然擁有片段，但真正握有全幅景貌的還是人類。記憶之於他，再怎麼痛苦，仍是分辨他之所以是他的理由。

他放下 iCanBrain，他的焦慮不全然來自於喪失記憶，而是費盡氣力，爭取在臺灣接受庇護、居留的意義一下子被卡曼病毒抽空了。他會盯著一無所有的天花板思考，如果這一局注定失去記憶，那麼留在香港是否沒差別？襲擊折磨青年的手段可以取消，因為抵抗之人將有可能遺忘自己為何反抗，而荷槍實彈進行鎮壓的黑警，他們也將立在街頭，突然茫然，不明白為何自己要舉著槍對著人。引發對立的原因未曾消失，然而，極有可能雙方皆失去各自的立場，不再如此可憎到顯露殺機。倘若如此，他為何要離開？

陸依蓓只略微窺知他的內心有一角落是危墜的，更深的她難以探測。他的穿著打扮向來簡約，瘦高且有鍛練過的身形穿衣很有少年感，走路步伐輕巧迅疾，跨大步起來，上身維持著穩健又敏捷的氣質，下身則有種隨時都要逃逸的氛圍。

他要逃到哪裡去呢？陸依蓓凝視著走進廚房做飯的身影，充滿精神的詢問顯得反差極大：「晚餐吃飯？吃麵？我炒個三樣菜可以嗎？」

「都可以。」

她刻意將注意力扳回到認知訓練裡，在 iCanBrain 設計的迷宮裡使勁破關。這玩意有個小優點，註冊登入會員，便能看見所有好友的數據。這比運動手錶更殘酷，體脂體重只是外在數據，MNN似乎要讓所有使用者都能一覽腦殼下的外太空。基於隱私，她還不想開放權限。甚至她曉得反 iCanBrain 的人們質疑這是關艾學的陰謀，公司之所以能成立是因為事前散播令人喪失記憶的病毒。

公仔麵的香氣縈繞，陸依蓓走向餐桌，一角空著，她還在等林素蓮的消息。

「先喝湯。」麥雅文提醒，她留意到桌上那鍋騰騰滿溢，「這是什麼奇怪的組合？

公仔麵跟龍葵蛋花湯？」她有點難掩激動，分明是借題宣洩了。她發現潛意識焦慮無比。盛了湯，卻一口也喝不下。

原來她會發抖。

這場記憶之戰何時會結束？她明知災難的序曲才剛開始。

忽然，她感覺背上多了一隻手，輕緩地拍著背，每一下都拍在她希望的端點。找到外婆應該不難，然而消息來得那麼破碎，一個飄上天的泡沫，一探就沒了。

頻繁用社群媒體查看陌生訊息，這是出於焦慮的本能，不過，這舉動愈來愈像在暗示外婆真的消失在人群之中。

在人人只想把自己隔離起來的當前，有人能發現這位滿頭灰髮的女人嗎？要陸依蓓形容外婆的話，一定會先說起她脖子上那串珠，小如石榴，顏色綠似蛇目，正中央有塊以前部落巫師贈予的天眼。

別盯著看，看久了會掉進其他世界。外婆會用嚇人的口吻對她說。我才不相信。陸依蓓記得小時候嘴裡老是塞滿各種好吃的，她就用這種含糊的語氣強烈反駁。

陸依蓓閉上眼，那串掛珠真的法力無邊，能將人吸納到其他所在？從她零星的記憶裡拼湊，她一向能從那塊天眼聯想天際的行星。

她搖搖頭。一方面否定外婆的讖語，另方面也抗拒著胡思亂想。

電視新聞直播中的醫師主張，失去記憶是不可逆的……。

所有方法都宣稱有效，同時也有無數逆向的說法，人或許就是在進進退退之際，突然搞不清楚該去哪。

所以當人還能在某個地方緊緊相握，那就該這麼做。她伸出手，握住 Luca。她知曉 Luca 接獲而沒告訴他的訊息，他的阿姑被表哥接回家，開始做 iCanBrain 的訓練；她也沒特別告訴他，她還在製作氣味，竭盡腦汁採擷，為了蒐集而進行城市游牧。

踏上滾輪，拚命踩踏，希望有朝一日它會向前。這與滾動石頭上山再看著它滾下，哪種比較絕望？

林素蓮失蹤的第二週，她跟他仍沒有外婆的消息。

28 火星上的人

陸依蓓決定做這份工作的起初並不曉得，往後在此工作的時日，多半只能盯著手邊的作業，畫下一長痕紅色墨跡，站起身來拂拭塵埃。窗外細塵捲動，尤其在曠極的操場刷起淡色塵土。跑道和球場約莫太久無人使用，亦無維修，萬年呈現抹布色。

下課後，陸依蓓總加速離開，但凡多待在室外幾分鐘，都有可能引發呼吸上的不適。她不清楚隨便開口會不會莫名吸入不必要的塵沙，導致一場劇烈咳嗽，所以一回到辦公室，她得收起沾滿沙塵的腳印，欲吐之言須演化為安靜的軌跡。

不存在的泥水匠，家事小精靈。

第一年，她盯著聘書後一連串規約事項，那是先招聘、後續才告知的遊戲規則，默許著約聘僱者只能是校內最低階的存在。她僅知道過往代理老師的寒暑假是不支薪的，以前的大學室友流浪教師多年，所以經常找她吐苦水，而今她似乎也成為類似的存在。為了現在完整一年的薪水，陸依蓓告訴自己，這值得。她可以將自己視為紅筆的油墨，隨時出現在需要她的時候。陸依蓓學會的事情可不少。

陸依蓓戴上防護罩，一路從樓梯下降至走廊，視野所及的色澤都是灰土黃色，空中飄漾的沙塵來自遙遠的蒙古。西北方一旦發生局部強烈對流空氣，上升的風掃過杳無植被的地帶，便會捲起沙塵。極細顆粒的揚塵被西南氣流帶至幾千公尺高，在東北季風的影響下，向南前行，穿越島上的雲層，乘著風降落。每粒沙最初的身世或許亙古久遠，一旦化為微塵，懸浮在空氣中，只能衍為惱人的困擾。儘管號稱能淨化空氣的計畫持續進行，但隨目仰望，日光依舊無法乾淨俐落地照透眼前的景致。校內豔色的九重葛，鳳凰木或杜鵑花被黃沙灰質稀釋，再縝密設計的建築物也無法擋住一顆沙。它是聚集流動的，任何時候都能恣意解離，形成漫天鋪地的網羅。它也能沉積，覆住鮮活的生命，阻塞它的通道，使其枯萎或質變。對於關切生態的人類而言，浩蕩河流乾涸消逝已夠痛心。世界從不等待復甦，骨牌效應般，緊接著河床底部揚起塵埃，沙塵的量足以滾動、旋轉，攀懸而上，凶猛龍捲風。

愈來愈像是徒步走向火星。之於嗅覺敏感的她，緊密包覆的臉部依舊能感知粉塵霧霾凝聚一股不祥的氣味，被人類厭棄的垃圾焚化物，提煉廢五金所製造的惡臭，挖遍山頭製造水泥，廢料，排泄，重金屬，塑膠，這些隨著樹林大量路倒枯死，裸露土層被風一颳，空氣便傳遞到她的嗅吸感知裡，侵擾黏膜，令陸依蓓時不時得揉按酸澀眼周。

這個困擾缺乏實證。不過，有鑑於此，新科技研發部門保證，每個民眾所能買到的防塵霾設備功能齊全，絕對能防範呼吸道疾病產生或加劇。她無力抵抗這類言論，辦公室裡經常播送這類新聞的聲音直抵腦門，彷彿要洗刷她的不認同。

然而，陸依蓓依然哀傷地相信她確實聞到了什麼。

這種無法與多數他人共享的經驗亦使她更容易陷入疲憊。學生的作業為了減少接觸，一律改為線上。全球性的線上課程無疑導致大災難，所以面對卡曼病毒，各國採取的方針無異於與高風險共存。

執政者無須冒險，向來如此。只要推出工作跟獎金，多少還是能招募。陸依蓓不曾問過學生會怎麼看待她這種代理老師？

「學校」已成為所有不得已的總和。仰躺在椅子上鬆弛脖子瘦痛時，她不免想著自己有太多話想說，聲波震動就來自地球，源於所有她不能親訪但神祕無比的狹長海溝或下切數百公尺的千年峽谷。裂縫曾經存在，她依然記得，所以收集回聲成為本能。她帶著回聲去找學生，他們的眼睛如火星。多年前，歐洲太空總署發射的火星探測衛星靠著低頻電波穿透地表，藉由各種地質結構反彈的結果顯示，南極地表下存在多座地下湖泊。閃爍的亮光來自冰層交錯的所在地，低溫至負六十三度的狀態下，科學家依舊大膽推測，那裡存在著鹹水湖。湖泊可能只是被困在火星冰層中。

或許這些孩子也只是暫時被困在冰層裡，陸依蓓想。

火星的重力只有地球的百分之三十八，雖也有水分子和大氣層，但是溫差過大，人一天能在外活動的時間不多，所以，教室裡的學生願意付出的交流時間少，這不是他們的錯，或許他們時常得重新適應溫差。至於陸依蓓想在他們心中建造的基地，便會一再挫敗於遙遠、過濃的二氧化碳與劇烈溫差。

屢屢欲抵達火星的意圖慢慢消解退散。是不是嘗試多年導致的失敗，連帶引發了現實世界的火星化呢？

陸依蓓的視線不知何時已盯著那陣風。風的走向詭譎，不斷襲往辦公室周遭好不容易呵養的樹木。校工說，那是防風林。

號稱胖矮耐風的防風林，不知哪個晚上出現一大批怪鳥，一口氣吃光了葉子。那時正在值班的校安人員打著瞌睡，只有無休的監視器將這一切攝錄下來。畫面裡大批如烏雲籠罩的鳥影，分散圍繞一圈，接著如蝗蟲啃食作物，瞬間就清空。

萎去的防風林，僅餘聊勝於無的空盪枝幹，揚塵一刷刷上色，連待在密閉的辦公室空間，耳蝸都還能感知到黃沙漫天之下，這片大地悄悄變化的痕跡。每當聽到這種聲音，陸依蓓都覺得她體內的水又乾涸了一些。

光年外的火星至今無人移民，但顯然這地方有機會先成為火星基地。她該繼續發出訊號嗎？這樣的訊號如此薄弱，她甚至不知道其他同事是否曾接收到？即便每天能夠在辦公室見面，她也對同事們的心思也毫無知悉。

沙塵會取代一切的。她看著分秒不止息持續捲動的沙，想起外婆跟她說起的故事，在那個故事裡，有個女孩逃出土石洪流，留下了生命與姓名，而後，才有機會讓她聽見自己的源頭。會不會某日地球需要跟火星原生代述說地球前世的點滴？史前洪荒的床邊故事？陸依蓓對自己搖搖頭，既想否定這種不祥的念想，又明白以目前情況推敲，沒有什麼不可能發生。

她所見到的孩子們，可能只是她沒見過他們的前世。在他們和她相遇之前，可能也充滿水分，好比火星三十七億年前存在液態水環境，海洋之深還有上千公尺，以星體而言，三十多億年或許也僅如青少年。

火星之所以是現在的火星，磁場逐漸消失加速大氣消逝，火星上的海洋蒸發，水環境不再，生命自然殞滅。

什麼也不剩。它成為孤絕死星。

然而作為一顆死氣沉沉卻非無藥可救的星球，它乾燥，空氣稀薄到地表無物生存，但無法忽視密布的隕石坑內，曾有一座座寧靜湖泊。它曾比這顆藍色星球更宜居，只是她難以想像這些半成熟的小大人，亦曾擁有無限希冀和好奇的臉龐。

打從她有記憶以來，她便聽過人類想改造火星的狂野夢想，將整顆星球上的冰融化成水，保持液態；建造龐大到如同行星般大小的火箭，綁在火星上，用以引導火星到更靠近太陽的軌道上；或採用巨大太空鏡子捕捉到更多陽光，引導其照耀到火星表面。

彷彿火星變得更濕潤溫暖宜居是一件即將完成之事。

在教室和學校裡，卻沒有這種讓科學界習以為常的熱切假設。以目前不太有人願意出門上課的惡劣條件下，她這樣的代課老師倒是官員口中「CP值」很高的人才。她恨透CP值的說法，因為那讓她成為貨架上的衛生紙，一張才〇．〇〇七六元。夠便宜，可是真正有錢的人才不可能選她這牌。臺下坐著的孩子，未來都是跟她一般，更大機率是比她更慘的人。

這些孩子完成義務教育後，接下來的人生還有怎樣的選擇？他們走路的姿態，符合火星的低重力，跟著塵捲風輕飄飄晃蕩前進。塵捲風殺傷力不大，也只是因為此地空氣稀薄，光是呼吸就宛若置身八千公尺海拔，時不時——飛旋的赭色塵埃裡，微塵顆粒不停摩擦，正負電子離開又回來的交錯瞬間，一場閃電引發的雷爆降臨。

一想到這，陸依蓓感覺眼睛刺痛，她已經站在沙塵恣意進攻的途中太久了。

不過，她寧可獨自注視著那片在怪鳥襲擊下消失的防風林，在心裡默誦，防風林外，還有防風林……。

29 事物的開端

陸依蓓替Luca的背塗藥。之後，她吞下幾顆藥丸，醫師叮囑她要按時吃，過敏才不致更加嚴重。盡量不要晒太陽，別太常在外走動。她看著醫師，室內用的整副防護裝置做得不錯，診療間裡還有診療間，他透過一小片透明窗口及保護用的長手套，彆扭地做完醫療處置。

她從藥局領了藥，大衣外套加上防護罩，透不進陽光也阻隔沙塵。在成排的商店街前，她停下腳步。數年前，同樣的地方，她曾途經，那時她僅以為是一則遙遠而不相干的國際新聞。但奇怪的是，她至今仍記得記者以極其誇張的口吻播報新聞速報，大意是埃及開羅遭巨大沙塵暴侵襲，風速逾每小時五十公里，能見度幾乎伸手不見五指。她無意間瞥了眼，發現新聞畫面中偌大的風暴沙牆如海嘯，覆蓋吞吃了迎風面所及。

陸依蓓腦海浮現森林大火、冰雪陡降、船隻漏油、地震、海嘯、龍捲風，北半球和南半球甚至有可能共享同一種災難，每個地區的劫後只是類型不同。歷經了戴上口罩又卸除口罩的時日，恢復正常生活後，跟她相似想法的人不少，缺乏警覺性，總把災難視為他人從屬，離自己甚遠。

她從車站月臺步行至出口，陸依蓓留意到以往全擠在車站周圍的小販和異國移工不見蹤影，只餘成堆如廢棄物的汽車與摩托車占據廣場。

鬧熱的情形跟過往不同，街道兩旁鱗比的攤販和小店縮減不少，一道畫筆抹淨似地，再熟悉不過的大型連鎖超商、夾娃娃機和韓風拍貼，間隔幾家速食店或店到店，使人錯覺這些開成一片的大型商鋪它們本就一體，在任何路段複製、貼上都順理成章。只是，環境依然沿襲著陳舊感，那是介於並不古老，卻遠遠追不上新世界的氛圍。人是不能耽溺於此的，她明白母親之所以離開的原因，這種惆悵來自於深深明瞭巨大的鴻溝之中，存在著必然的宿命。然而，外婆帶著她四處玩耍的童年時空也就此湮滅於某個特定時空。

街道的變遷拆移自然會發生，可是陸依蓓搭了幾小時的車，迎接她的若僅是快速搭建，以過度刺眼的燈光撐起的乾淨明亮，那毋寧令她失望。

熱到焦融的溫度使她無心等候公車，陸依蓓隨手攔下計程車便坐了上去。關上車門那刻，她才意識到車上還有其他乘客。她握住把手，邊說抱歉，就想開門。

「小姐，不要這樣，妳不知道危險膩？」塑膠簾布前正在開車的司機說。

陸依蓓下意識反手舉高，但也隨即質問：「大哥，你這又不是空車，怎麼看到我招手還停車？」

「妳不是要搭車嗎？啊反正沒差啦，多載一個也是抵達目的地嘛！」

「你怎麼知道我不趕時間？」

「唉喔，小姐，我看妳行李大包小包，應該不是來出差吧。既然不是，那就當作搭計程車多幾條路的觀光行程啦！」司機笑嘻嘻保證：「一定會算妳便宜一點。」

陸依蓓沒好氣，這司機開車滑順，一下就奔馳在主幹道。若不是貼了隔熱貼的車窗燙得嚇人，她都忘了高雄的夏天有多可怕。時隔多年，這裡不再只是熱，而是捲動著炎火般考驗著曝曬其下的任何存在。

她選擇留在車內，自然也不免瞥了眼車內的另一位乘客。他完全沉浸在書頁中，紙頁瑩白如雪，有如新的反光鏡，彷彿被光潔罕見之物保護與庇佑。起初她還覺得做作，但不動如山的氛圍無意間冷卻了車內氛圍。

窗外的景致已經把整車的人拉往距離街區更遠的所在，車子經過哈囉市場、蓮池潭，燙膚的窗外猛然間灌下大雨，不只是普通的熱帶低氣壓，它狠落的氣勢更似颱風前夕的致災性雨勢，一次甩落所有雲層積累幻作的雨。狹小的車窗很快漫起白霧。鮮豔的龍潭虎穴和高塔全變作夏卡爾的畫，再放肆些，市景湮漫成了印象派畫作。

司機有點無奈，車子索性慢慢滑行到一棵榕樹下。

「欸，你們先躲一下雨吧，不趕時間齁？」

陸依蓓笑出來，他的說法倒是前後一致，首尾呼應。她留意副駕駛座的男子看著後照鏡，像是也對她微笑了半晌。

冷氣輪轉的單音打轉，重複。這輛車在聲響下陷入沉默，可並非無話可說。

陸依蓓驀然察覺心懷湧上的懷念，即便微小，她仍可感受窗外滲透入內的雨的氣息；不同於北部，它混雜了經年霧霾被沖刷後的清新感，亦參雜回到第二個故鄉的欣喜。這個地方的歡迎儀式，她這麼解讀。

等雨停的這道儀式，不光乎等待，那是被動中止而可以主動擁抱的禮物。她腦海浮現喜愛的攝影師拍過一系列的霧中風景。這座島嶼的南方平原並不起霧，它熾熱難耐，唯獨雨水驅趕在室內的人，有機會窺伺朦朧。

遠方淡景模糊，刺眼化為柔焦。這情景會維持多久？她其實不急。困於雨中反而使她獲得寧靜。

比她想像得快，雨勢慢慢成針腳，司機大哥明顯鬆口氣。

看書的陌生人下了車，她留意他說話口音帶著港腔，於是又多看了一眼。其實這一眼也並未為她的記憶多添幾分印象，只是她天生好奇的習慣。

多年之後，同樣的地方搭車，竟是不同光景。她站在亂風暮色中，看著計程車開啟車燈，照開塵霾。一進車內，司機便要求乘客戴上口罩，彷彿司機大哥將卡曼病毒歸咎於肺炎的變形版。當人開始無端恐懼，非理智的歇斯底里就出頭。她並沒有什麼不同。所謂恐懼的具象化，也在她心理發生作用，確實，她也不想被感染。

陸依蓓隔著透明眼罩炯然凝視，原來一切有跡可循。她來到高雄那日的同車乘客，後來與她關係匪淺。

事物的開端。

計程車快速前行，進入塵土緩緩飄升的地帶。

花盆裡的，公園內的，人行道旁的，甚至森林景觀平臺都能見到焦萎。透過電視臺空拍機 4K 畫質還原到觀眾眼前的，像是打開半個末世開關，一下消抹了綠色、成為褐土色，不是樹，而是大面積變形的土壤遺跡。

絕望感。

那陣子，記者高分貝的報導聲音啞低，近乎喃喃，目前無法預估這些森林何時才能恢復原樣。

她好不容易叫到計程車，內心忖度，可別讓她遲到啊！

塵沙細細落在道路的速度，似乎讓朝著坡道斜上的車身輪胎難以承受重量，一瞬間有下滑的跡象，短短幾秒內，車內所有人的心臟漏跳一拍——無意中細吶的，啊！司機握著方向盤的力道宛如正在操縱一臺臨時用以準備逃難的古老工具，並載著對此一無所知的他們。他們是車輛上的塵埃，隨時都能被拋到更大的塵聚裡。

司機的腳狠狠踏著油門，彷彿做最後掙扎。

她確實感覺再次墜滑。仰角向後，其實是向下。四周斜倚的空棄建物也彷彿跟著滑坡，往上往前的力道消失在無窮後退的景致中。短短幾秒內，她忽然感覺這就是這些年來的樣態，只要稍微想往前，目的地便不出意外退遠。滾滾沙塵乘著風散去，原地空轉的車身終於找回抓地力，在他們眼所未及之處摩擦出火星，機械金屬緩緩咬軋，逼出惡臭。

・・・○●

Luca 撫摸她的頭，問她在想什麼。她沒告訴他，今日上班碰見的奇景，那臺不怎麼樣的計程車，居然準時將她送到校門口。

她於其中讀出的，便以身體來解鎖。

締結婚約後，一個幫對方塗擦患處，一個想方設法讓對方避免外出。皆需要避免的，無論是空氣污染或病媒蚊，他倆互相著想的，都是同一件事。

30 塌縮

倒閉潮開始了。

陸依蓓接連幾個月都能從新聞看到被點名的學校，翻讀死亡筆記本似的，○○高中、○○大學、○○國小，全名曝光後，連幾月幾號關門都能查得一清二楚。

唯一幸運之事，是在麥雅文強烈的建議下，陸依蓓辭去兼職。

「那種工作這麼高風險，薪水還經常遲發，妳別去了。」

自從安置外婆進病房、簽下預立醫療後，陸依蓓噩夢頻率減低不少。外婆並非卡曼病毒的受害者，麥雅文口中描述的失智行為，肇因於外婆腦中出現的腫瘤，腦瘤擠壓了正常細胞的生長空間，壓迫神經系統，影響了認知和記憶。腦瘤雖然治療起來費用高昂，不過阿姨跟舅舅們都表示願意負擔放射治療和化療費。

「哎！妳是陸依蓓……」電話彼端傳來確認的聲音，「喔，喔，妳是芳春的女兒！」

大阿姨說話帶著鼻音，她還記得，可是數算不清她們之間有多久沒對話了。

她記得童年過節，爸媽牽著她的手來到外公外婆家，其他親戚早就將狹仄的空間擠滿，小孩們不停拌嘴。大人幾乎人手一道拿手菜，隨時都在拆塑膠袋、掀鍋蓋，倒出魚鴨豬雞，素菜涼拌。

妳年紀最小，來，多吃一點，還有，這盤怎麼都還沒吃？她聽見外婆的招呼聲。

外公揭開老花眼鏡，淡淡的神情瞅了飯桌一眼，大舅舅開頭舉杯：「讓我們祝爸、媽新年行大運，諸事順利，日日健康。」

陸依蓓本來要伸長的筷子在熱烈祝賀聲中縮了回去，她嘴中含著蘋果西打，看著眼前其他碗裡成堆，媽媽試著幫她夾菜，但終究其他表姊表哥成人般的體型阻隔了她跟團圓桌的距離。

節慶的邊緣。

表姊們笑著推擠下樓，有幾位跟著表哥在空地炸出煙花，膽大的就朝空酒瓶放沖天炮。地面那麼鬧熱滾滾，她則站在半空樓層，在小陽臺甩動仙女棒。呲呲有如小閃電般迸出火花，朝下的黑色枯枝每個瞬間都有閃光。無比絢爛的不是整團火樹銀花，而是那微小光點只集中在一小處，專注地吞噬黑暗，直到時間結束。仙女棒之於陸依蓓來說是時間的禮物，她目不轉睛地迷戀短暫幾秒的輝煌與寥落。

來啊，快下來，陸依蓓聽到大表姊的招呼聲，這才發現幾棟大樓之間的空地聚集不知哪來的大小孩子，紛紛點燃花火，摀住雙耳的尖叫聲比鞭炮更響。射向空中劃開的熾光，不規則又短促的光之結節，她盯著光落在空中的幻影殘像，感覺這社區的整片土地像是降臨了穿越光年，瞬間炫目的星座。

小阿姨當時輕輕推了她一把，讓她下樓一起玩。爸媽坐在大人齊聚的餐桌，看起來像是努力融入。她自個兒走下樓，避開停放的機車，沿途碎屑跟殘留的煙花盒比想像多，哈哈大笑的快樂音調縈繞耳際。

望著表哥表姊所在之地，小而渾圓的異物溜進陸依蓓腳下，她不由自主地跌倒在地，撲這麼一跤讓陸依蓓差點爬不起。她用手掌撐地之際，感覺像是火燒一般，粉塵砂粒磨破手，就連穿著厚褲子的腿也有疼痛感。

啊——！附近有人尖叫，但明顯不是因為開心。

著火了啦！你看啦！

她後知後覺看到長辮子尾端有火花餘燼，一瞬間嚇哭她。不遠處的表哥表姊傻愣了，似乎所有人只顧著不斷點燃向上炸飛的煙花，對她無計可施。

一張厚毯子裹住她，拚命拍打她，一下子火花就滅了。

拯救她的英雄是媽媽，穿得那麼紅豔亮麗的母親，臉色都白了，特別梳理打扮的頭髮亂著，只顧著用雙手確認她的全身。

媽媽帶著一身狼狽的陸依蓓回到外婆家，灰著表情替她擦藥。跟著她們上樓的是幾個最大的表姊，她們臉上也毫無光彩。

還不快把人叫回來？陸依蓓記得小阿姨這麼說。

即便是遙遠的印象，她仍記得重新聚集在室內的氣氛迥然不同，持續煮沸的火鍋冷卻下來，像是她剛包紮過的掌心，比起剛摔倒時更有痛感。

恩恩表姊捧了一支棒棒糖遞給陸依蓓，擠弄眼神，她是所有表哥表姊中最年幼的，也是第一個提醒她著火的人。陸依蓓接了糖，勉強微笑，心底卻不想吃。她最不愛的就是過年，每逢年節前，爸媽就會因為回娘家一事爭執，爸的理由永遠都充滿忿忿不平，而媽老是在回電給外婆之前焦慮為難。對她來說，過年要跟一群不熟的哥哥姊姊見面，完全引不起興趣，他們不懂她喜歡的電視卡通，她也不想聽明白他們的聊天內容。面對阿姨舅舅們，她只有接紅包時才能跟他們說上一、兩句。他們明顯比爸媽老得多，看起來完全不像媽媽的手足。可再怎麼說，那幾位成年的表哥仍做出訓斥，責備表弟們不該把垃圾丟得滿地，害陸依蓓受傷。那種隨興跟小惡作劇的神情，以及被直接挑明後的不甘，她都看在眼裡。然而她沉默著，讓除夕的溫度又似乎低了幾度。

年夜飯還有啊，怎麼不吃完？外公放下報紙，眼神飄向餐桌。外公說話有種鏗鏘感，玻璃櫃裡有張外公穿軍裝的裱框照，英挺嚴肅。

還不快來幫我的忙！外婆的聲音從廚房裡傳來。阿姨們慢慢踱向廚房，而舅舅們趁空開了幾瓶。

媽媽拿了剪刀，替陸依蓓剪短了燒焦的頭髮。鬈曲的黑髮放到陸依蓓的掌心，看著完全不像屬於她身上的，更像飄漾著臭味的蟲，毫無生命力。

她摸了摸頭上的，又搓揉它，彷彿告別了什麼。

端著新一輪菜色來到餐桌跟客廳，阿姨們主動摟住陸依蓓，夾了新鮮的清蒸鱸魚、珍珠丸子，一勁放她碗裡。媽媽夾起，餵了陸依蓓吃了又吃。這齣意外插曲宛若突然被點燃的仙女棒，緊急事件擦出刺眼火光，然而屋內氛圍變得鬆沉沉許多，讓先前對話中的尷尬隨之燃盡。陸依蓓看向壓花玻璃上的福字，冷風竄進小縫，平衡了空氣中的酒氣。她注意到爸爸跟外公喝了好幾杯，還讓兩個舅舅笑得開懷。莫名地，她感覺自己做了說不清楚的好事。

這麼多年過去，尤其外公過世後，爸媽便更少與親戚聯繫。她幾乎都快遺忘阿姨舅舅，直到她鼓起勇氣打電話。沒想到號碼沒變，小阿姨比預想更大方，她立刻應允外婆的手術費，還替她聯繫了其他阿姨跟舅舅。他們或許曉得自己搬回外婆家的事。或許……他們還記得那些過年時節的小插曲。其中有這原因嗎？

錢和外婆的癌症都不能困住她，陸依蓓慶幸此決定。捨不得抽身的老師多半在校服務多年，為此勞心勞力，一年年投注沉沒的成本讓他們陷入對後悔的膝躍反射，那份熬到退休金才肯回頭的決絕，陸依蓓揣想，或許這就是他們繼續賴守在此的原因——跟這身分在一起愈久，分手愈困難。

新老師一入職便沒有領月退休俸資格。不曉得是不是這原因，當她在校園偶爾與之四目交接，他們很快就會縮回各自的辦公區，彷彿不肯浪費任何時間在無謂的社交上。她兼職去當教師的日子裡，唯獨可惜的是視野多半定格在防護罩所露出一小塊空白。

透明且安全的空白，陸依蓓想及自己是何時開始習慣待在沒什麼人聚集的地方？大概就是外公外婆家的陽臺吧，偶爾她會獨自一人到頂樓去，那兒滿是曝晒裂痕和積水後的歷史。外婆帶著她買菜之後，她才慢慢習慣這一帶人與人的距離。不然北部因需要隔絕雨水，撐傘度日，卻也因此屏障了自身，避免過近的距離甚或相黏。

因此，成為老師後的她仍舊無法捨卻這樣的習慣。穿梭於狂風驟沙的日子既不便且危險，可藏在她心底的某處低語是慶幸——隔閡亦是溝通的模式。陸依蓓曉得臺下學生跟她之間僅存在那小小瞬間的眼神交流。所有情緒跟情感都隔住自身，自己發不出自然之聲，亦聽不見他人的。她唯一慶幸的是回到家，能夠自在擁抱 Luca，那是拆卻屏障後唯一的親密。

面對林素蓮，陸依蓓無懼怕高額治療費抑或照護的時間。她從得知病情到接納，只花了半天，可她唯一膽怯的是無所不在的卡曼病毒，它無始無終，至今沒有篤定的報導解釋這一切。陸依蓓擔憂若林素蓮住進病院治好腦瘤，卻又遭受病毒感染，該如何收場？入院就醫而染疾，抑或採取保守治療但有機會不受感染，這是兩難。

辭職潮不只教師，醫護人員離職情況嚴重加劇。檢測工作、櫃臺乃至便民服務，醫院宣導大量運用 AI 降低感染風險，但任誰都明白，少一個職位就能省去多少錢。

縫隙出現了。縫隙從人與人的對話之際迸生。縫隙會找上每個族群，留下深渠。縫隙也撐開了人跟職業的關係，失業一詞已不流行，進行式是行業消失。行業類型會在縫隙的吞吃下消散得迅速又精準。

．．．。●

Luca 的直覺是準確的。

一介尋求庇護的異鄉人，落地生根後透過網上經營轉賣事業以達到某程度的經濟基礎。而且他發現自身對金融產品的了解讓陸依蓓吃驚。餘暇時間，Luca 鍛鍊身體，不懈於此，陸依蓓記得她提辭職後，他便開始孤詣於鍛造，仔細分類每一天需要做的動作，近乎嚴苛處理飲食，雖然不贊同但仍然會戴上 iCanBrain，重複早已反覆多次的認知訓練。

陸依蓓沒有多問他的改變，然而隱隱感受到他正為了不掉進縫隙而準備。隨時產生歪斜的世界，即是他們所在的現實，科幻故事裡的天降邪惡外星船，蟻隊般的恐怖巨獸，違反重力的變種人，全球性核災後產生的永久凍原，她悲觀地想，這些都有可能。演化成反烏托邦式的悲慘世界一點都不奇怪。所以當 Luca 提議辭職，陸依蓓幾乎難掩狂喜地贊同。

陸依蓓跑離職手續那日，人事主管絲毫沒有慰留她的神情。她猜測他正為了這所學校顯見的倒閉未來而苦惱。

人若是一起陷入不可挽回的窘境，便不可能互相憐憫。

走出校園大門的剎那，她並沒有回頭，因此她不曉得其實有一、兩個學生從教室窗戶跟她揮手說再見。

31 失敗的經驗

空白是無窮的。

在發生更巨量災厄之前、還能外出拍照的時日裡，按下每張快門前，Luca 幾乎都會經歷戰慄感，有如獲得應允的力量，朝一無所有攫取了時間與光。攝影是光的藝術，而什麼能隔絕所有的光？普通日常不存在這樣的假設，能夠睜眼看清周遭便是有光，然而，這是他的狹見了。

機場封鎖，街道罕見人跡，類似場景再度降臨。

減少出門跟接觸機會是各國疾病管制的方針，這回有更多人逆著方針前進，既身在低谷就索性學爬蟲生活，安靜在地盤範圍內逡巡，伺機而動。選擇暗暝時刻出來遊走，在至深的夜色掩護下，打從無所不在的攝錄機留下微光中的身影。

Luca 某次在社群平臺上看到，無涉犯罪，關於人所做出刻意或不刻意的行為，4K 畫質中的動作如此自由，讓他羨慕。人影陸續出現，各有目的，有時他會瞥到一絲瘋狂——短短幾秒快閃，攀上圍牆，仰頭轉圈，在鞦韆上搖晃，抑或單純地舞動，無人舞臺上的炫技。倘若作為新聞報導，這些舉動會被視為醉酒之類的脫序行為。然而在污染惡化的情況下，這些不再單純如此。面對日益惡化的空氣，他吝於讓相機暴露於沙塵暴中，因為些微損傷將為相機帶來無可挽回的傷害，那會真正停住珍貴相機捕捉時間的功能。

他只想拍身畔之人。

「大家已經沒有任何可以失去了。」陸依蓓說。她覺得這麼躲在屋裡不是辦法，可是，沒有人能提出更好的解方。「會不會有那麼一天，這時代出生的人類長大了，而他們的記憶中，只有屋內的靜物與景色？」她總是惋惜自己曾抵達過的地方，真實存在於地圖上的道路跟地名，終有一天提早湮沒，「沒有人會『真的』記得。」

Luca打開雲端，他與她哀悼時光的方式是瀏覽過去，他所拍攝的照片，每一幀藏有她生活碎片的照片，重見皆是死而復生。她會記掛一棵雪地裡的樹，枝上棲著重重雪霜，宛若雪化身此地的鳥，雪原無盡的終點只有一棵孑然的松；抑或她深深迷戀他拍攝過的湖泊，清澈染溢了每一藍與綠的色階，鈷藍、綠松石藍、夜藍、翡翠綠、苔蘚綠、冷杉綠，她極盡可能地在顏色間徘徊，卻始終感覺自己說不清也看不透。

不過，她最愛的是他拍的星空，深夜乘船到海洋中心，仰看天際所留下的蒼穹，透露時間的線索。蟄伏在山稜最幽黯最缺乏光害之處，捨卻人類長久以來對人造光的仰賴跟需求，換得最接近星群的機會。渺小人類以肉眼可及之近，仍距離萬千光年，但卻能立刻換來純粹的喜悅，這是她閱讀照片的感受。

「這是香港嗎？」她有點不確定。

「不，這是臺灣，合歡山系。」

陸依蓓驚訝他曾流連於臺灣群山。她聽著 Luca 解釋是交換學生時期接觸。從一座繁華夜明珠之城來到群山之巔，一座島至另一座島，她突然有點懂了。

雲端資料夾內，有一個尚未命名，陸依蓓記得當時一觸及便有奇異火光，大難之前的此城——寬廣筆直的馬路，跟行人一起穿越斑馬線的摩托車，永遠能見到摩托車後座穿著超短短褲的女孩。插滿青天白日滿地紅國旗的社區，臨時攤旁忍不住坐著打盹的小販，市場裡雜沓身影而一轉頭便是燒餅油條的早餐店招牌。既熱鬧又向著時間倒退，她留意幾張朝樓中天井拍攝的照片，還有一些林素蓮的生活照。

「你知道嗎，我小時候被爸媽帶來外婆家過年，對大樓裡有這麼深的洞感到害怕。」

「這不是採光用的嗎？有什麼好怕？」

「說不上來，我以前會盯它看，感覺可以從中看到什麼。」

「哪有什麼？這個社區一直很安全啊！」Luca 不只一次跟她強調這裡安全到詭異。

「你沒專注看，聽其他住在這裡的小朋友說啊，你半夜到這天井的一樓，由下往上看一分鐘，不能眨眼……」陸依蓓轉身拍了 Luca 雙肩，「譁——！」

出乎她意料，Luca 往後退了好大角度。

「這是什麼都市傳說，根本連小孩都不信吧！」Luca 的口吻像是他本身即是住民，絲毫沒有不習慣。

「當然是愛信的人信啦……小孩就無聊嘛，以前我們在中間的草地玩一二三木頭人，或是乘機玩鬼抓人，就是會拿這件事出來嚇嚇別人的膽。聽說，認真去做，你會看到神明的眼睛，那麼圓又大，正朝下看著你……」

Luca 撇嘴笑一笑，「神明的眼睛？」

「所以我覺得其實沒人試過啊，但是，光是那對眼睛長什麼樣，就有好幾種版本。」

Luca 拍攝的大樓天井，光線留下清晰的幾何圖形，暗面的粒子粗糙有如經歷磨礪，稍嫌窄小的空間變得清楚分明，與她記憶中有所不同。

真是奇怪啊，陸依蓓近來常這麼想。自從辭職，加上不適合外出的環境，她已許久不曾暴露於空氣中。她幾乎好幾週不下樓，出門成本高到她寧可只待在屋內。這樣的結果竟然連記憶都殘缺起來。

她不確定原因。防護罩愈做效果愈驚人，能令人完全嗅不出任何氣味，彷彿所有氣味都成為透明，依附意圖發揮薄弱掌控力的面具上。不少人索性放棄 iCanBrain，MNN 股價下跌，關艾學人間蒸發似的，沒有人知道她去了哪。所有人的生活目標變得機械單調，躁進和過度自抑的氛圍持續發酵，繩之兩端的拔河。

冥想，打坐，拉筋，瑜伽，皮拉提斯，任何有關身體的鍛鍊都來了一輪古往今來，影音平臺和 AI 合併的演算法將這些極盡可能地推到她眼前。身體如宮殿，少了嗅覺之風，記憶的花紋不斷抹滅，那就輪到巫了。踽踽獨運的肉身技法背離地心引力，召喚連結失去太久以致無法量測的靈魂、心神、不可言觸的神祕，譬若古老的西洋占星與東方紫微斗數，易經卦辭爻辭六十四深藏玄機，而塔羅卡牌上詩般象徵的高塔死神錢幣權杖……每一體系攤開來就是指向廣袤命運的替代物。陸依蓓眼花繚亂，她在每個系統間瀏覽、跳躍，時而感覺某個系統說中了煩惱，過幾天又感覺自己被命運樂透大獎拒之門外。

Luca 負責接住歷經資訊過載後的她。自她認定他，就只稱他 Luca，把這視為她和他最貼近的暱稱。

兩人相處到現在，陸依蓓暗地認為他有如向日葵，總能維持趨向。或許是這樣，他方能留下那麼多影像，他手中的鏡頭能嗅及最適合按下快門的時機。色溫、意識到時間流淌時光線的變化，在把握相機特性的同時，留下時間迤迤過的跡象。那是他的才能，搭載了某種性格所綜合的能力。

當前的 Luca 拍的照片是退隱式的，他後悔的是，先前沒能留下更多香港煙硝的街頭畫面。香港斷不再有「暴民」上街，綺麗突出的招牌鑠炫不滅，勉強鋪張的意味益厚。他潛伏的社群讓他仍能第一時間更新接管之後的世局，繁花殆盡，再有卡曼病毒襲來，整個城離散開來，從有記憶變成刻意捨卻記憶。他不敢問，可是曾經想過，過去的朋友們是否更願意自己丟失記憶？如此，便能如招牌一般，開了燈還能亮。

注定不會再回去的人生，再多悔恨亦是空。他不只一次想，若當年沒離開，他會如何。這樣的念頭伴隨瞬息災變的時節，有時他也會重新進入失眠狀態，又在猛然驚醒的夜半循著過度清晰的月色，微暗地檢視早已習慣仰賴這裡的自己。陸依蓓的外婆成為他的外婆，他跟著每隔幾天打給醫院，在鏡頭裡確認林素蓮的身體狀況。她血統獨特，生命韌性尤其頑強，哪怕全世界都颳捲細沙萬千，完美遮蔽天空與光線，她的笑靨仍在皺紋中擠出，醫護人員大逃離的現下，外婆比他更有實力存活下來。

「外婆今天看起來很好，妳看她的眼睛，還有跟我們之間的對話。她還罵妳別再繼續無中生有那些。」

「那是住這裡的小孩才有的回憶好嗎！」

「喔，那住在這裡的大人呢？難道也注定要看著天井，一邊猜會不會撞見都市傳說？」

陸依蓓笑出來，「我們現在才更像恐怖傳奇好不好？你看，搞不好這些機器都是騙人的，還騙光全世界。」她的語調戲謔，可仔細聆聽，那充滿被強制剝奪的委屈不言而喻。

Luca 知道她的感受像是歷經大型詐騙，打從一開始他就感覺不對勁，直覺般，人們風靡的速度，竄流世界的獨家市場，這些都非常奇怪。而那張典型的華裔臉孔使他不得不想起自己的父母，他們期待的他似乎就該長成這樣。

關艾學的成功是時勢所趨。當年新冠疫情其中一支分岔，亞裔成為所有種族的公敵，走在街頭遭受無端攻擊甚或死亡的案例，直到疫情解封，仍未完全消弭。創造代罪羔羊遠比找到罪魁禍首容易，禍首只有一小撮，而且可以包裝、偽造再重新活過，不過廣大而普遍的「概念」很難輕易被遺忘。

而今，頂著黑髮黃皮膚的嬌小身影一舉站在解救世人的巔頂，這樣的存在能勾起華人甚至亞裔人士的信賴。那份相信比預想得更全心全意，宛如每個曾受誤解的亞裔都將寄盼投影到她身上。

冀望愈大，背後的風險就愈可能將人拽進深淵，改變的尺度是倒退，這讓 Luca 始終難以釋懷。人必須知道沒有所謂的「救世主」，Luca 打算即使不缺錢，他也得為他倆生活重新設計點什麼。

Luca 和陸依蓓都不會提煉氣味，所以當翻開她做的記憶匣，乾燥後存放的香味，氣息隨時日益發淡去，匣中文字紙條就成為殘存氣味的開關。她則偶爾翻動，對待相片那般，珍視著但只能眼見時間和空氣條件的變化，改變了最初。味道又比照片更不耐考驗，隨時可散，只要實體不在身邊，「某個氣味」的存在便多了幾分動搖。但對她來說，神奇的是，一旦氣味分子重返嗅覺可及範圍，往昔的畫面就不可抑扼輪轉起來，將人浸潤於真空般的時空，那個剎那彷彿永恆。這是 iCanBrain 不可能做到的。她既感傷又鬆口氣，不是每樣都能夠附著人類最基本的能力，進行虛假的救贖。

她跟 Luca 提起做外賣的點子。這是最貼近雙親離世前最後一份工作，也是她跟爸媽最緊密的聯繫。

「食材可以靠機器人運送，我們在家煮好，一樣可以透過平臺，連接到需要的人手上。」

整理食材、清洗、烹調、又清洗，運營的成本、顧客來源與宣傳，繁瑣沉重。他凝視她，感覺她吐露關於這一切的字句熱情又奔放，全然迥異於在學校上班時的模樣。他一下明白了，這便也可以是他重新設計生活的方法。

「現在這種情況，一堆餐廳都歇業關門，我們做這個，至少能煮自己想要吃的，又能補貼家用。」陸依蓓自知自己只是想藉機複習某些食物的味道。

大災不過幾年，食物的樣態產生了革命性的變化，極端氣候讓原型食物的取得更加昂貴，而號稱更快速、健康又方便的粉狀食品橫掃市場。蛋白粉，蔬菜粉，澱粉也當然能粉末化，價格較低，熱量和營養素配比也夠。吃飯時間壓縮得更扁平，即使線上會議也能邊進行邊迅速進食。那些營養品公司CEO倡導的理念是，人空出的時間，就是要好好照顧自己，多跟家人朋友交流。還有，即便沒有明面上強調，但受薪階級都懂，這比較便宜。

信奉這派的人不少，而他們這麼吃，竟沒有強烈飢餓感的副作用，鍛鍊身體似乎更上層樓。這種生活確實簡單，拆包裝，加水，攪拌，流入食道跟腸胃，不僅不需為吃多傷腦筋，也毋須為吃得太多導致的肥胖所苦。

從頭到尾，陸依蓓跟 Luca 一點也不願嘗試。她尤其感覺，他跟她正在以一支弱竿，槓桿對舉強力巨頭。考慮有誰還想吃「正常」食物不是最重要的，活在隨時能提早殞亡的時空底下，沒有什麼是不能做的。

「那我來預約送餐機器人。」Luca 臉上露出一絲自豪，「我也會做幾道外婆傳授的菜。」

「想想還缺什麼？」

「拍照。幫這些食物拍形象照，妳負責寫這些食物的履歷。」

現在每天能買到的菜都是碰運氣，陸依蓓已經做好隨時被通知哪些菜已經種不出來的噩耗。食物身世多舛，而她這半外行只是想在一切終結之前，再做次夢。

32 選擇

窩在老公寓裡產出便當，遠比想像中累人。比起過往單純計算食材成本，如今變數大增，做菜不只是做菜，更得花時間傷腦筋牽一髮動全身的外部因素。

最近一次颱風，降雨量過多，離軍港近的地帶受到海水倒灌影響，連帶他們這社區也遭殃。暴雨後的數日，水跟電都缺乏，他們暫停了幾日便當生意。

水還不退啊？陸依蓓在床上翻身抱住Luca，激烈愛撫後的汗流摸起來竟幾許冰涼。前幾日他們忙著阻擋過大的雨勢，時不時更新天氣狀況。公寓在二樓，陸依蓓一度想著是否該爬到頂樓去靜候後續，由於雨勢狂瀉到轟垮這一帶的老樹，幾棵在水淹數尺的髒黃水色裡，隨著漂向路面那載浮載沉的物什一塊。景況持續得久，眺望時竟有錯覺，能將這般異常視為正常。雨不歇的晝夜，逐漸模糊不清，室內濕漉漉的空氣彷彿也制約了肉體，兩人若不是處理防淹水事宜，便癱躺在床。

這是少數不受病毒、霧霾與沙塵暴影響的時刻，雨水滌淨天空，毀去道路，他們就活在之中。

Luca 起身拿了相機，透出窗外，罕見地要陸依蓓幫他拍下照片。

她從來都不會質疑，拍這些要做什麼？

除卻她知道 Luca 自從與她交換戒指，住進此地後，不知自哪日起，他會對著時而笑容燦爛、有時帶著倦意的她，留下角度奇特的剪影。

與此同時，他也會將相機交給她。對等的任務。

偶爾他不假她手，反倒對著鏡子裡的臉龐，按下快門，似在時間的河流中打下一個個樁。每累積到一定程度，她就幫忙分類，而她能從影像裡辨識折返進亞熱帶的悶熱，港都特有的鹹濕空氣。那便是照片帶給她的——第二度生活感，那果然是定樁的作用。

「照這樣的雨量，哎！機器人應該也不能運作。」陸依蓓收妥相機，轉身捋了他的頭髮，驚覺他的髮長跟她相差無幾。

「等晚上，我們要不要去一趟頂樓？我關注好久了，科學家認為雙星 KIC 9832227 會劃過今年的夏季星空。」

「應該不可能看到星星吧？」陸依蓓還心繫著暴雨後的生意，對此潑了冷水，「而且你不確定皮膚狀況，還是別上去好了。」放在他倆床頭櫃的藥品是陸依蓓定期去藥局替 Luca 取的藥，他清楚若沒有她，只會在毒與霾的世界沉沒。不久前，他染上的皮膚疾患簡直又是一則荒唐的訃聞，現在的奇病怪症說來便來，登革熱惱人程度升級，遠超人體負荷。

「百年難得一見，去看個短短幾分鐘……反正妳會陪著，出不了什麼大事。」麥雅文篤定道。

「你確定真的是今天？」陸依蓓覺得他的執著很怪異，尤其整棟大樓還籠罩在下一波豪雨的危機中。颱風帶來的反常雨勢從夏季蔓延至秋季，秋不似秋，空氣中幾乎再也察覺不出沁涼。她記得以前跟外婆一起生活，最期待的是南方的秋天，因為它來得特別遲。涼意被無限耽擱，乃至突然於某日傍晚感受到微風乍然透露的涼爽，小腿肚跟脖子會突然甦醒似的，心情好轉起來。

她不確定 Luca 是不是想重溫這如此細微的，幾乎已經消失的感受。那需要考古。

．．．○●

近來新聞敲出重磅消息——MNN 新上任的執行長 Ken，身分是 A 國前總理的醫療小組，他表明他所帶領的團隊治好了 A 國總理染上卡曼病毒的症狀。關於 MNN 最初起源於一項多國祕密峰會協議，A國總理卸任後，內容終於得以公開。除了這道引起世界譁然的協議，執行長Ken重新提出「上傳記憶檔」的提案。

首先是「免費」，任何人都能上傳特定年限的腦部記憶。Ken強調，每個人都有權利決定自己生命中哪些不可抹滅，即便世界毀滅也須留下來的記憶。

陸依蓓看著新聞時，內心小小吐槽：如果世界毀滅，誰還在乎人類的記憶？難道人類的記憶還需要變成一只無限容量的硬碟？

Ken話鋒一轉，提及資深會員則可視方案來安排能上載多少記憶。Ken強調，將記憶數位化才是保存的最好方式，而他所帶領的MNN將會協同世界前幾名的搜尋引擎和雲端伺服器，整合為一個永不止息的系統。上傳與否，個人自由。Ken解釋當年A國總理沒經歷過上傳記憶的時期，但仍全然相信了這套方針，他甚至拿出A國總理後續上傳的紀錄證明。上傳記憶不代表記憶就能提取自如，AI搭載的服務還未擴充到那個地步，Ken反覆述明它作為一套試用模型的侷限，但他也一再保證，醫療團隊的竭力付出，必將盡快達成大眾的期待。

訪問中，專業說服力無庸置疑，MNN仍有瑕疵的部分，經由Ken的說明，反而顯得真誠。

一切都在可堪信賴的範疇，而麥雅文咕噥幾句：「關艾學呢？這是她的成果，怎麼突然變成 Ken 來接手？」

「反了吧？我看到不少媒體報導指出，當初是她『偷走』了未婚夫的研究成果，Ken 還一度陷入卡曼病毒感染風波裡。」

「那又該怎麼理解A國前總理？」

「你要想，支持他的群眾絕多數是因為他的底層逆流，厭惡他的人也不少。可是你還記得他的熱銷自傳吧？當時可有一批人專門買來焚燒！」

「是啊……那是什麼說法啊我想想？自傳可以杜撰！不過，我寧可相信 Ken 和總理的說法。」

「妳相信記憶可以上傳嗎？」這句甫說完，兩人竟也陷入安靜。

「不知道，可是若真的免費，我想試試看。」陸依蓓打破緘默，但又嘆了口氣：「可是我之前還買了方案。」

「這會不會是A國將亡所產生的爆炸預告？帶著所有人的記憶，一起把靈光送入墓塚，迎向消逝。」

陸依蓓猛地咳嗽起來，她不清楚為何最近愈是陷入苦思，就彷若進入限速階段。即便短，可是仍令她興起些許不安情緒。

她輕輕掙脫 Luca 的手，起身照顧屋內的蕨類家族。

那幾乎占了一隅，她整個童年印象。

路埋輕霧，兩側潮濕鮮腥的綠意蜿蜒了整座山頭。現在她不會有山了，可是她有這批猶如需要帶上諾亞方舟的植物。

其實她也會想念，只是她多半不提。

提了又能有寸毫改變？截至目前，秩序的崩塌已非階梯式，整體情況已滑坡到幾乎各行各業都無法自救。缺少準確的氣象預報，驟然染疫的主播成為家裡蹲；道路工程施工到一半，懵然不知自己為何挖路，直接走人；出航的船長，掌舵不再是第一要務。即時快訊，從個人為單位的獨一事件，演變為群體的脫鏈，嚴重更甚。報導的動線已經跟不上頹圮跟再生的速度，主播臺第一位虛擬主播 NANA 現身，有些民眾對偶像愛屋及烏，竟嫁接到虛擬人物上。當陸依蓓看著擬真程度八九分的映象人物，語音投放的每個案例，背後也捲動了 AI 的大量參與。她不痛恨虛擬，她也愛二次元動漫人物，但終究的不同仍在於，她無法相信這些播報新聞的虛擬美女具備任何記憶。不同的是，即使她無法說出完整的作品情節，她也不可能忘卻櫻木花道，芙莉蓮，抑或兵長。

她知道他們的故事。

任何懂得操縱ＡＩ的工程師，無不忙於訓練ＡＩ成為即時支架，以便大量替換原先由人類才能達成的目標。ＡＩ彷彿是U型隧道的另一端，人類朝谷地滑坡，另一段向上的路段就由它建立。

她不曉得Ken提出的方案會努力補足這段滑波，還是帶著所有人向下墜毀。Luca倒想試一次。

「雨停了！」Luca接過澆花器，「今天已經用了太多水在植物上了。」他戴上面罩，也替陸依蓓穿好裝備。這動作有那麼幾秒使他想起幾乎快疊覆殆盡的街頭記憶，他總替手足調整裝備，因為他高，手也靈巧，俯身來做這些，理所當然。

「我又沒說要一起去。」

「妳不要？真的不來？萬一只有我看到了怎麼辦？」Luca的口吻像是普通的日常出遊，談得是絕美大景下的星空。

如果是這樣，她記得大學時期跟朋友在玉山鞍部邊發抖邊等流星雨的瞬間，高海拔的冷空氣純粹，冰糖般質地，罕能輕易飄來強烈氣味。她尤其深愛凍冷，在亞熱帶國家尋求乾燥清冷，大概唯有山頂和山中極目所望的一切能呼應她。島嶼的群山如今還有人跡嗎?極端天候造成山林變貌，救難隊撤離，山屋無人管理，不過仍有不懼警告恣意入山的人。他們之中有些不及撤退，成為了山。

那便是永遠了。

終究，陸依蓓還是讓 Luca 拉著她的手，一階階向上爬。一路他仰看著天井，它不知何時變成附生的本營。他舉著手電筒照過去，發現有幾層的天井口竄生蕨類嫩芽，光源下，盈盈綠意柔韌挺立。

「這裡怎麼可能有蕨類?」陸依蓓忍不住驚呼。

「可能是沙塵暴的關係，妳看，這些洞口周邊附著了土壤。」Luca 的聲音也感到困惑，畢竟這是鋼筋水泥建物。他就著光源，打探這綠意賴以生存的條件。

他已經太久不曾走出房門，而這一道道裂口變得不太方整，反倒像是有機體，自顧自地抓住生命的機緣，接收了孢子，在奇特的孕育條件下成為一道綠窗。相機能夠捕捉暗夜裡這縷奇蹟嗎?他一面想，一面順著梯面旋轉著接近，可確實難以搆得著那宛如異生廢墟的綠意奇景。

落過大雨的夜裡，樓梯的積水形成窪面，作為大樓的呼吸通道也仍滴答作響。

「妳不是說有惡魔的眼睛嗎?」

「是神明！神明！」陸依蓓忍不住翻了個白眼，但隨後 Luca 又牽起她，兩人持續爬梯，忍受戴著面罩時呼吸的不順感。雖然號稱是能排出二氧化碳的面罩，可是無論如何都只能侷促地呼吸。如果提及明年的願望，那麼她會說是能夠摘下面罩，大口吸氣。從今算起，只有五個月便要年底，時間之速會使人格外感受自己實現願望的遙不可及。

「好囉，神明。啊！我想起來了，妳真的說過『神明』。如果真的有神明，那等等就讓我們看見星空。」Luca 通過每一層樓，留意著有哪些戶早已搬空，有些留置著大量雜物卻無人聞問，怕是被卡曼病毒帶往未知了。

終於，他們來到頂樓，那兒矗立一扇鐵門。

「推開門就是了。」Luca 說著，便逕自推開，「嘩——妳看！」

站在果貿大樓的樓頂觀測夜空，明度遠不及記憶中，卻比她想像得更好，至少天際砂石場因為大量雨水而稍顯明朗。「還不錯。」她簡單做了評論，雙腳則泡在大面積的積水中，她慶幸自己出門穿了雨鞋。

「怎麼不多說一點？」Luca 順著星光黯淡處，朝四周眺望。就雙目所及，此處的夜晚是光源失守地帶，基本若沒有電力，則須等待極久才有復電的可能。

島嶼上最光亮的人工照明優先輸送給醫院、中央行政單位，其次是科技園區、自來水公司、電力公司和電信設施。其餘地區，暫時失去對夜晚的掌控權，順從日升月落是理所應當的生活模式。

沒有人抗議。生氣憤怒的遊行早就過時了，所有人不得不承認這是不可逆轉的局面，再有本事，便利生活的權利已消失。習慣黑暗，或想辦法發電，便是兩種可行的方式。他們這區的住民多半都不年輕，要自學工程技術十分困難，所以舉目所見的黑暗，便是順服生存法則的方法。他倆雖是年輕人，卻跟這類知識相去甚遠，這也是他們有閒情站在此處而非開燈工作的緣由。

「原來這一帶燈全滅了是這樣。」陸依蓓有感而發，「我從來沒設想過自己會這樣站在這裡。」她四處兜轉，頂樓矮牆濕得陰鬱，偌大水塔的金屬光芒射出冷冽。她試圖辨識東南西北的景觀，丈量馬路上稀疏通行車輛離她多遠，一面也仰望麥雅文心之念念的星斗。

「妳不覺得，現在有可能是空氣最好的一天？」Luca 架起攝影裝備，透過觀景窗反覆確認鏡頭需要的光圈，預設即將呈現的成像。陸依蓓拿出事前準備的簡易折疊椅，就這麼跟他坐在積水的頂樓上。他們頭上的防護罩，包得緊實嚴密以防蚊蟲，而她能感覺後背全濕了。「嗯……有可能是，但我不希望耶！天啊！如果這是空氣最好的一天，那以後我們怎麼過生活？」

「可能，以後我們連戴面罩都沒辦法了。」Luca 把手中的望遠鏡遞給陸依蓓。

「怎麼樣？到時候要移民到其他星球嗎？欸，你看我們！像不像兩個太空人，不知道要蹲多久，等太空船來。」陸依蓓晃晃手裡的望遠鏡，「這能幫我們探測哪顆星會飛來我們需要的太空船。」

「嘖，那要等幾光年？」Luca 又調了手中裝備，按下快門，「妳看見織女星、天津四、牛郎星這三顆了沒？」

「夏季大三角！應該是那裡。」陸依蓓手指著肉眼有點難辨識的正確位置。

「嗯啊，織女星和牽牛星之間有個由一排六星組成的衣架竿，一個由四星組成的掛勾，那是衣架星群，還有，牽牛星附近，妳看到一個球狀星團，有點像撒在黑色天鵝絨上的一堆糖。」

陸依蓓點頭，透過面罩所接觸的雙筒望遠鏡，該怎麼明晰地判別 Luca 說的那些？她憑藉著過去一點經驗的軌跡，極盡視力，恨不得火眼金睛，看穿一個洞，直抵光年之外的星群。

「以前夏季大三角也被稱為航海家三角，軍事航海家就靠它來定向。」

「那有一天我們會需要靠自己的記憶來定向嗎？」陸依蓓反覆思索Ken的提案，「那些不想讓別人知道的記憶又該怎麼辦？」

「我知道妳在說什麼……該怎說呢，雖然我贊成歸贊成，但有時候還是會怕，萬一我的記憶害了誰呢？」Luca仍警惕著他離開香港前發生的所有。

陸依蓓站起身，「如果，上傳記憶之後，我們都還能自由選取、刪除，假如我們還有這種時間跟空間……能再讓記憶回到身邊，那就沒關係。」

「想到A國總理這麼相信Ken，還自願做過實驗就覺得太離譜了。」Luca仍對此事感到震撼。

「我比較想知道，那場祕密峰會發生發生了什麼，只有哪幾個大頭心知肚明……這世界也太爛了！哎呀？還是我們應該先罵一罵關艾學？」陸依蓓起身，伸腳就是一踢，水花濺起。

那時，夜空中的霧靄正慢慢散去，即便只有短促幾分鐘，對於這兩個穿著假裝備的太空人來說，仍奢侈十足。Luca注意到了，他不作聲張揚，留下了他認為最貼近這個當下的影像。

防護面罩與密實衣物分不出男女，照片中僅有兩道這樣的背影，而背景瀰漫的模糊並未全然遮蔽天空。

那是一個有星星的夜晚，可尚未等到傳說中爆炸的雙星 KIC 9832227。

33 還剩下什麼

陸依蓓照例跟外婆通完視訊電話，滿滿疲憊感席捲了她，前幾年攢的錢花得很快，外婆的醫藥費即將見底。

她和 Luca 一起做的便當事業勉強打平成本。不過值得高興的是，固定訂餐的幾位熟客跟他們成為了朋友。陸依蓓偶爾跟他們聊天，但不經常。她這幾年很少跟朋友們聯繫，幾乎斷絕往來，只是源自一種慵懶——不願一遍遍解釋遭遇的命運。她相信自己的命運沒有更墜落，更多數人的生活是她所無法想像的。不小心在社群平臺上滑見長篇剖析坦露自己的文章，她都必須小心地趕緊跳開。

她很怕某種情緒的傳染。

人類像是創造了真正的黑洞，這幾年來這黑洞瘋狂吸納捲入所有，任、何、事、物。心智變得極端不穩定，往往在病毒真正毀滅人之前，自殘自毀，殺人互砍，一把火將一個家燒毀已不是駭人聽聞的大事。

犯人接受判刑的自白，猶如陷入網罟，跳脫了身而為人最基礎的狀態。

——這是上帝的懲罰！你們離永生愈來愈遠了！

——相信我們經歷這段靈魂永夜，很快就能迎來新的大運。

——如果感受到記憶流失，不要慌張，我們要做的就是冥想，透過冥想，能夠快速顯化你想要的美好未來。

——氣無所不在，人會染疫是自身氣不足的緣故。養氣，就是首要之務，每天晨起需要做的第一件事就是，深呼吸。

——今天我們會遭遇這種厄運，連替自己未來做決定的機會都沒有，那是誰的錯？我們不要鄉愿，今天不站出來對抗上流階級，我們還有什麼機會？

鋪天蓋地席捲的怪形怪語，透過演算法的帶動已經形成足夠的擾動。另方面，世界各地的戰火也未停歇，過往纏鬥數年的地區戰爭沒有止息的現象，若認真追蹤國際新聞，一定想不通到這種情況下的人類還要戰爭？抑或有些國家將戰爭當作轉移注意力的方式，人民飽受戰火之苦，則會忽略天候變異與病毒的陰影。

陰謀論。

陸依蓓不確定自己知道得太多還是太少。她不是社會小白，她自忖許多事值得懷疑，可並不會有人放送答案。答案本身似乎就是立場的選擇，而將權力完全握在少數人手上的國家，只會遮蔽答案或扭曲答案的詮釋權。

她僅能和 Luca 一起選擇生活的答案——每天維持晨起，查看雨水過濾器，刷牙洗臉，有餘則替植物澆水，調整太陽能板，做早餐，開啟 App 接訂單，交貨給機器人，跟 Luca 一起運動，讀書，盡可能不浪費多餘的電。天色微暗了就關閉電源，只留一、兩座小燈以夠洗澡，依夜入睡。這樣的生活是他們共同摸索出來的，她自認比起硬撐著上班好得多。陸依蓓某種程度上有節制地感激著天時地利，極度不利的環境條件下，她擁有了前所未有的生活型態。

不過，陸依蓓夾在抉擇的縫隙裡，最近她會想起更久遠之前的、關於這座島嶼的歷史，它的名字換了又換，每逢不同語言像潮水一般沖刷海岸，不同的臉孔特徵及說出的話，亦侵蝕與風化原先的——她清楚沙灘上的礫石微小到無人在意，但確實它會漸漸在結晶體面刻花新的紋路。

我擔心這些記憶被偷去做其他用途。陸依蓓對自己暗語。我更害怕 Luca 的記憶就此消失。外婆的已經消亡，她只剩下他的了。

記憶不可能永遠留存，這是現實面。這場大災前，她亦已丟失許多經歷的細節，只能想起大概的輪廓。可是，倘若每回想一樣珍愛之物，懷念所愛之人，便是一次對記憶的摩擦生熱，那麼，她得確保記憶的儲存情況。

她不希望空無。假若記憶不復存在，又該如何提取？那麼她的人生將變成什麼？

・・・。●

上傳記憶一事並沒有那麼複雜，她跟 Luca 都因為過往的會員身分，程序走完，順利成為全世界第一批上載成功的民眾。MNN股價起死回生，A國總理還接受訪問，他笑談自己本就信賴 Ken 跟他的團隊。當A國總理確定上傳成功，接受加密保護後，其餘各國總統的記憶成為世界矚目的焦點，各國國民都在問，他們會上傳嗎？

E國與F國元首向國民公告他們的抉擇，這兩國的幕僚跟行政首長等官員都一一上傳了記憶，不過據傳，他們之中有人可以只上傳「部分」的記憶。這個說法讓MNN又被推到浪尖，Ken 的表情像是剛從潛點起身，又在大溪地的泰阿胡波奧衝破宛如玻璃厚牆般的海浪，才來到攝影機前。他先是反覆保證，那些事關世界安危的重要記憶不會被覬覦，公司的安保系統前所未有。

Ken 話鋒一轉，語氣沉重地提及C國。他表示——該國正在與R國共同研發破壞特定人士的記憶。C國上一波讓全世界惶惶不安的是，潛入他國的間諜挾持國會事件，在修法過程中獨大立法權，癱瘓憲法法庭，綁架軍事經費。Ken說的時候頻頻看著攝影棚後方一個遙遠的定點，表情像是下一步將跌進膠著困局的懸崖。

那場直播裡，他的眼神喪失了專業自信的強悍，宛若被什麼牽制著，敏銳的人感覺得出那是一種試探，在觀眾看不見的第四面牆，有個令他恐懼莫名的存在。

「關艾學已經被法庭審判，入監服刑了不是嗎？」陸依蓓拍拍Luca的背，「重新醒來的Ken應該也全面掌握一切了呀？」

「C國會不會捲土重來？我想這會是其他國家元首憂心的。不過，A國總理安然無事，圓滿卸任，接任的新總理看起來行動力十足，至於其他幾個大國總理，配合度也不低。」

「是，他跟團隊既有醫學頂尖研發技術，得到各國總理信賴的他，對公眾又能侃侃而談，還需要害怕什麼呢？」

「你覺得，這件事從頭到尾跟R國與C國元首有關嗎？」

Luca嘆口氣，「只要從我老家逃出來的人，沒有願意相信C國的，他們只把人看作甲由。」

「來這裡有比較好嗎？」陸依蓓衝口而出之際，她忿忿說起，「我們這一向存在間諜的威脅，還有不少民意代表睜眼說瞎話，盡是配合協力。」

「我知道，戰機繞臺，潛艦浮航，改裝船齡老舊的貨輪，專門切斷海纜，駭進醫院病歷庫。」

「欸，你也太清楚。」陸依蓓憂慮，「所以你看，我們多數人的記憶都上傳完畢了，那些民代會不會拱手讓出我們的記憶？」

「MNN保證不會有這種事件發生。我不曉得Ken跟各國總理簽訂的條文細項，可是根據幾個聯合聲明，各國間針對軍事，核子，糧食，分類協議，或是集合打包一起處理的都有。」Luca將她抱攏在自己的下巴，「不然這記憶資料庫不就很容易淪為消弭異議份子的快速媒介吧？只要幾臺無人機，就能夠殺人。」

陸依蓓沉默下來，她自是不只一次留意到各國角力讓自殺式無人機滯空時間更長、攻擊距離更遠，具有自主編隊、掃描、追蹤功能。R國甚至掌握星鏈系統，能隨時根據戰況調整攻擊目標，蒐集情報也能即時回傳至後方指揮中心。

「妳的擔心沒錯，本來遠在天邊的殘酷事件，因為這一切，不得不拉近到我們身邊來。」Luca補充道，「可是我不得不上傳。」

陸依蓓環抱著他：「你想你父母某日會根據這些找到你嗎？」她沒說的是，找到他，但他可能已經失去記憶，再也認不得他們。不過，她也思忖，他的父母是否也上傳了記憶，好讓失聯已久的兒子在未來的某刻，又能夠重新與他們相認。

假設，假設之後還有假設，而這些問題真正的根源無人能解，科學家和醫療界能夠做的是逼近最佳解，可是換得的體驗，卻未必能夠人人滿意。

「想那些要做什麼呢？」Luca突然向外指了指，她才發現陽臺的盆栽和鹿角蕨在光線中生輝，「C國就算哪天派出千萬臺無人機，也無法暗殺我們的記憶。」

「這是你天真的浪漫。」陸依蓓將臉輕輕靠向Luca，她確信即便他倆整日戴著防護罩，熟悉的店家消失了，街景跟過往大不同；然而只要一個觸媒，一丁點氣味分子，一種音聲，她就能瞬間回想起某些事。就如同她並不完全認為外婆已經和記憶澈底作別，林素蓮只是將訊號藏了起來，而堅信後輩子孫有朝一日能破解，讀懂它。那些能夠剝奪記憶的威脅感的確存在，然而誰也不能保證喪失記憶的人是否更快樂？對於沒有這種經驗的人而言實屬不可想像，這與斷肢或重大傷病不太一樣，凡精神層面的缺損壞毀都更難以被他者理解。她從未敢說，自己理解Luca在故鄉經歷的一切，而Luca也從不說他明白她失去雙親的感受。

她在乎的是同在。在同一時空下，能夠安心交託彼此的存在，或許是得須跨越光年才能享有的殊遇。

34 一起觀星吧

陸依蓓打給外婆的負責單位，無人接聽。避難簡訊頻頻，接連跳出好幾則。

雙星 KIC 9832227 預計一小時後肉眼觀測可得，人類有史以來首次遭遇的超新星爆炸。為了安全起見，請至最近的防空洞避難，如果沒辦法抵達防空洞，請聯繫離您最近的警察局。她驀然想起，這就是 Luca 曾說過要一起觀測的天文異象？但她無心問及。

眼下分不清晝夜的天空，只能仰靠時鐘指出分秒。

四點零四分。

Luca 打了十幾次電話，他和陸依蓓分別撥通一一〇和一一九，響了又響但彼端空無。

他們瞬間意識到求救信號不會再有誰接手。

陸依蓓放下電話，她感覺指尖冰冷起來。

Luca 為她跟自己戴上防護罩，向外觀察。

幾日前，送餐機器人平臺便無預警關閉。這件事在網路上幾乎快掀起風暴，對不少人來說，即便無法外出也不願選擇如同戰期保命食品，上網能訂購熱食是福祉。

什麼理由讓平臺惡性倒閉?問句沒有答案。

陸依蓓確定事態不可挽回後，只是把門窗關得更緊些，她索性就要跟 Luca 待在目前所能及的密閉空間裡。

唯一能呼吸的是盤據整個空間的綠意，它們泯除室內分隔房間的銳角，畫出交叉的綠蔭，帶著蜷捲的問號，蕨類植株特有的標記。它們沒有所謂的盛放，也不要求人類嬌養呵護，然而，時常水源不穩定確實容易讓火焰蕨葉子幾乎滅火，窗孔龜背芋遭遇關窗。

還多著呢，她跟 Luca 的照片中也有不少是以這些蕨類為背景，算是婚姻生活的共居見證。她還想起 Luca 拍的肖像照，打開電腦，在加快速度輪播場景下，眼前的照片，幾近是她與他一日日乾癟、下垂、喪失彈性的實驗紀錄。他們不是實驗品，只是被拋擲到不斷被災厄抽取空氣的有限空間裡，終有一刻，他們都將成為掉進黑洞後變形的義大利麵。

陸依蓓沒告訴 Luca 這看似荒謬卻寫實的比喻。

毫無道理的直覺是閃電，人不可能不知道，可是一旦閃避那麼一下，它就過去了，僅有少數人會留下它，她將漫畫《輝夜姬》和《我所看見的未來》歸類於此。這個家除了植物，最多的就是這座社區倒閉的漫畫出租店，免費讓人拿取的漫畫冊。當時她特地

四、五點早起，準備偌大的推車等待鐵門拉起，那老闆見到她愣了一下，露出苦澀又釋然的笑容。Luca 跟著她，他說想看看現場有沒有武俠小說。

如他們所願，因為起得夠早，邊挑邊跟老闆聊天，聽著身材矮小卻手腳靈活的老闆熱愛的幾部漫畫，還有收掉店面的原由。

但無論如何，能夠挖到寶都讓他倆久違地開心。她想起過去曾央求爸媽讓她在漫畫出租店待一下午，框在手掌大小的分鏡畫面中，隨心所欲，自由自在。

他們推著推車離開前，陸依蓓堅持付給老闆一筆費用。舊漫畫沾染陳放的氣息，還有許多陌生人翻閱過後又壓扁的手漬，味道應該就像她跟爸媽所住的那間屋子吧。

鐵皮屋拉下之後，便沒有再開啟。總有一天她會回去整理房子，陸依蓓對自己說，但是在她決定動身之前，她也無法決定一個有效期限。

無限拖延的期限一路迎接了沙塵密布的光景。房子還是房子，抑或它化為海市蜃樓？陸依蓓已經失去確認的最後時間，她甚至心中曾經冒出 MNN 已將他們的記憶綁架，捲蓋而逃的念頭。

浪總是一波比一波凶狠。

此刻的她，正在等 Luca 觀測後小結。

驀然，門口一陣敲門聲響起。她遲疑。敲擊聲益響，還出現吆喝——這裡怎麼還有人？快走、快走！別待在這！去地下室！

陸依蓓和 Luca 互看一眼，抓上防災包，跟著方才示警催促的人聲來到地面廣場。廣場簌簌風聲吹來沙塵，大片萎頓的植栽，枯葉落盡光溜溜的樹幹，所有電信設備似乎正受不正常磁波影響，發出類似呻吟的呲啊——呲啊。

空氣中，劇烈摩擦著什麼，聲波是無形的漣漪，向四面八方擴散。

晚星似乎即將墜暗這片灰暗大地。

兩人有如立於大氣稀薄的紅色荒原上，身著保護裝置都能感受濃重的孤獨。這座島嶼南方僅存的弧形堡壘稱不上庇護，再堅實的牆，之於一顆星體的逼近，存在等於無功。最後一線希望是不斷更新的警報內容，那暗示著世界尚未完全靜止於絕望。陸依蓓能感覺手心一緊，Luca 牢牢攫住她，他們的手對彼此而言是最後一株攀藤植物。

眼前沒有任何值得信賴的攀附之物，他們唯一所知——遠自銀河系即將衝破大氣層的雙星，將以雷霆萬鈞之勢親吻地面，塵土飛揚，猛烈的撞擊撕裂地表，激出急先鋒般快速傳播的縱波，以及緊接著搖曳而來的橫波。或者，他們所能感知的複雜訊號僅為光年之外遲來的擦身會面，對於不確定的邊界恐懼。

不確定是哪種，Luca 邁開雙腿，帶著陸依蓓逆著灰塵漩渦向前。細微的顆粒依然摩擦喉嚨，帶來刺癢。跟遲到的光束賽跑，必須先留下粗糙的痕跡，一如抵抗不停覆蓋又覆蓋的灰塵。

Luca 其實心裡鬆口氣，他想說卻怎麼也說不出口的是，他懷疑自己染上病毒。為了因應卡曼病毒而上傳的記憶，會不會隨著方位的側向吹來，清除，揚起，吞噬？在變得更不像自己之前，或許這將是更好的結局？

頓時，他意識到陸依蓓跑得比他更快，他反倒被拉著通過某棟樓的地下停車場。他倆抵達時，鐵門剛好差一點關上。

依著微弱光線，這才發覺裡面擠滿人，不少人以狐疑戒備的眼神看著他們。他們做出抱歉的手勢，順道問了情勢。

「你們搞不清楚發生什麼？這很正常！你看，我們是因為有朋友攔截到攻擊訊號才過來的。」

陸依蓓跟 Luca 面面相覷，對方繼續補充，「私底下大家都在傳，這才不是什麼雙星撞地球的末日，這是被刻意安排的假警報。」

「C國元首根本不關心國內多少人感染了卡曼病毒，這次，他就是想放出新的生化武器，先讓別的國家癱瘓再說。」滔滔不絕的男子看起來像是理工背景，他周身的裝備看來很高級，全是防禦類型的。

「你的意思是，這不是超新星爆炸，而是這座島嶼的終局之戰？」Luca 試探性地詢問。

「賓果，你們終於弄懂了。」他向後挪了位置，「你們可以坐這裡。」

陸依蓓挨著 Luca 坐下，她逡巡四周，大多分為一群一群，她瞄到警察的制服，但看起來並不是負責疏散，大概是跟著民眾一起躲進來的。

可惜的是，面對喧譁鼓譟，警察並不想管，反而閉上雙眼。

Luca 握住陸依蓓的手，他們因為最晚進入，因而離出口最近。

地下室沒有燈，通訊設備也不管用，空間空氣窒悶，戴著面罩更能感受一二。除此，因為恐懼而流淌的汗水，幾聲不耐的尖叫跟哀鳴，都不停製造著令人暈眩的因素。

隔著老式鐵捲門，屋外暫時沒有誇張動靜。

幾乎安靜無聲。

陸依蓓突然想到，每個地下室跟防空洞的避難者都無法獲知訊號，他們又該如何知道何時該打開這道鐵門，走到室外呢？這裡缺少新鮮空氣流通的條件，一次擠入這麼多人，他們會先窒息而亡，還是如同剛剛得知的，死於恐怖轟炸？Luca 應該最清楚雙星對於地球的影響，但隨時間分秒過去，陸依蓓留意到 Luca 的呼吸急促起來，拉著風琴似的聲音。她自己的手心狂流著汗，彷彿要把一年來未曾流過的汗水一次淌開來。他沒有說出這是關於雙星或武力攻擊之事。

終於要來了嗎——他們花了無數時間建立的日常生活，試圖在噩夢跟下一個噩運之間打交道，然而仍舊無法逃脫即將降臨的命運。

她於是緘默不語。

作為一個渺小的有限體，陸依蓓突然感知到，這一刻——即便並非期待的一刻——竟無比漫長，時間彷彿被摺疊到無限小，而眼前面對的就是黑洞。

「妳聽過 J2157 黑洞嗎？它是天文學家認定為已知的最明亮的類星體（QSO），被它吞噬掉的星體氣盤不斷湧入黑洞，後續產生巨大的摩擦和熱量，生成強烈光芒，它的光芒可以比滿月還要亮十倍，如果它身在銀河系中央，妳猜人類會怎麼樣？」陸依蓓緊緊反握他，她訝異於他的身體狀況還能說這麼一長串。他見她沒說話，又繼續，「黑洞可以讓時間彎曲，離奇點愈近，時間就像是凝結一樣。」

陸依蓓轉過頭去，她不想讓他第一時間就看到她的淚光。

就像現在一樣。

「然後，那種等級的黑洞會帶來大量X射線，地球上的生命將無法存活。」穿透所有，毀滅一顆星球的強烈能量，這在電影中能夠體會，她想。

她真希望這是一場惡作劇，身後那些陌生人都是臨時演員。

答——答答——答答答答！

咻咻——咻——咻咻咻咻咻咻……

嗶——

有個大火球，快到眼睛根本無法捕捉，穿破鐵門而來。

少女跟理工大叔尖叫起來，更深處的人聲騷動跟劇烈的火藥味瀰漫整個空間。時間彷彿扭曲一般，之前的「那一刻」等待得太久，以致當下讓人難以招架。

走啊！快跑！

往內或往外都沒有路，陸依蓓閉上眼睛。

Luca努力撐起自己，她能感受到他的呼吸從急促到間歇緩慢，像是肺部竭力吸進空氣，祈求氧氣待在肺泡裡。

她不忍轉頭看他，她只感覺到自己與他一起關閉感官，匍匐。

到了不能再繼續的時刻，她讓他坐下，然後躺在她的腿上。

慢慢呼吸。

她忍著熾烈灼擦肌膚，對他說，Luca，你慢慢呼吸，不要緊張。

呼——吸——很好，呼——吸——。

我們哪天還要一起去看星星。

35 回望

麥雅文，回溯完成。

陸依蓓，回溯完成。

空氣中傳來以上發音標準的冰冷聲音。

感覺有如將一張張片子浸入顯影槽藥水，取出，觀察時間隱蔽的皺褶是否緩緩現形。背景伴隨間續的白噪音，無明顯影，所見非所得。所見是更古老恆久的存在，只是光抵達了當前。

他感覺自己下意識想要起身。

於是，他翻了個身，感受全身的知覺，從右側將自己支起來。他盯著自己的手腳，表情疑惑，又試著坐了一會兒，然後才慢慢讓雙腳落地。落地時，地板觸感讓他嚇一跳，柔軟的苔類鋪展整個地面。

這是哪裡？他內心冒出的第一個疑問。

現在怎麼做？還要繼續嗎？詢問的聲音中性誠懇。

嗯……回話的是個青年，他的語調懸浮於半空中，彷彿其內部進行著核融合反應，真正的重點還未以光的形式向外輻射。

他循著聲音，摸索到一個純白色的空間。幾臺大型昂貴機器正在不停運轉，他意識到白噪音應該就是從那發出的。

「喔，你來了！」說出這句話的人，實驗衣白袍上的金屬名牌刻著 Ken。「怎麼樣？身體還好嗎？」

接收到問話，他感覺喉嚨乾澀，剛想張口卻又遲疑。

「你是不是有很多問題？不急。你先回答我，你現在腦中正想著什麼。比如，你還記得你經歷了什麼嗎？」

「我不知道是夢境還是……一切感覺都好奇怪，我感覺手不像是手，腳也不像是腳。你問我想什麼？我……我感覺自己剛從一堆想法纏繞的蜘蛛絲裡出來，我也不知道自己『想』了什麼。」

「這很正常，每個人剛開始都是這樣。」Ken 引領他走向一道偌大的牆，他按下開關，牆便分開來，眼前是一道奇怪的風景，看起來像某種星球表面。

「這是我們的起點。」

「起點？我出生在這嗎？」

「不，記憶的工程從這裡開始。」Ken 摸了一下微鬈的頭髮，「那一年，全人類面臨了史無前例的大腦危機，而這裡就是當年留存下來的祕密基地，為了保存人類的記憶。」

Ken 邀請他向前，他的腳底踏上這不規則的空間，感覺隨時都會跌倒。天花板跟地面的角度看起來難以理解，且身體的感知相當陌生。

「隨機抽樣留下來的記憶，可能幫助未來的人重新意識到生活以及生命的多種樣態。」Ken 遞給他一套服裝，要他穿上，「等會兒走出去便知道了，我們除了認知能力或智力，生活中還有更多值得體驗。」

他穿戴時，身體傳來一股異樣的熟悉。

Ken 開了門，他倆來到所謂的室外空間。

「你在夢境的最後一幕，應該是想去看星星吧？你從這裡看，能看到無限。」

他站著，感受到無數星體離他非常近，這是一種視線上的錯覺，然而雙腳所立的接觸面，掀起一場微小的風暴，某種非可觸的粒子正在盤旋，而視線前方所及的盡頭，一種能量爆炸式的光正在由遠而近朝他襲來。

那是雙星 KIC 9832227。

他轉頭，那不是 Ken 的聲音，那股聲音來自他的內在。

他腦中如千萬個抽屜保存的記憶，如觀測站的陣列感測器忠實地呈現著這遲來的訊息。如果他沒有看錯，那兒有一位年輕女子，她擁有深邃雙眼，小麥膚色的臉部輪廓鮮明，嘴角掛起的微笑暗示著驚喜之美妙。在凝眸眨眼之間凝滯出時間的刻度。

光之速度飛疾，他感覺體內充盈的是畫面化為億萬粉塵又鎔鑄成為他的。寂靜的星域彷如什麼都發生過。

他的雙眼連一秒都不敢眨，其餘什麼的都管他的，他是誰也不重要。現在此刻，他唯願牢牢抓住進入視域的所有。

他篤定確知她也正在凝視，而他不必以雙眼回望確認。沒有先見之明，但皆有後見之識。八十年前阿波羅八號為宇宙唯一的璀璨留下照片。神稱光為晝，稱暗為夜。有晚上，有早晨，這是頭一日。結束時，我們想說晚安，好運。連同那些飛揚而起的沙塵創造的模糊，重新擦亮記憶的星塵。

擦亮記憶的星塵 / 陳育萱著 . -- 初
版 . -- 臺北市：時報文化出版企業
股份有限公司 , 2025.07
288 面 ; 14.8×21 公分 . -- (新人間
; 448)
ISBN 978-626-419-535-5(平裝)
863.57　　　　　　114006399

新人間 448

擦亮記憶的星塵

作　　者—陳育萱
副總編輯—羅珊珊
責任編輯—蔡佩錦
特約編輯—陳怡慈
校　　對—陳育萱、陳怡慈、蔡佩錦
設　　計—朱疋
行　　銷—林昱豪
總編輯—胡金倫
董事長—趙政岷
出版者—時報文化出版企業股份有限公司
108019 臺北市和平西路三段二四〇號七樓
發行專線—（〇二）二三〇六—六八四二
讀者服務專線—〇八〇〇—二三一—七〇五
（〇二）二三〇四—七一〇三
讀者服務傳真—（〇二）二三〇四—六八五八
郵撥—一九三四四七二四時報文化出版公司
信箱—10899 臺北華江橋郵局第九九信箱
時報悅讀網—http://www.readingtimes.com.tw
思潮線臉書—https://www.facebook.com/trendage

法律顧問—理律法律事務所　陳長文律師、李念祖律師
印　　刷—紘億印刷有限公司
初版一刷—二〇二五年七月十八日
定　　價—新臺幣四五〇元
ISBN —978-626-419-535-5
Printed in Taiwan
(缺頁或破損的書，請寄回更換)

時報文化出版公司成立於一九七五年，並於一九九九年股票上櫃公開發行，於二〇〇八年脫離中時集團非屬旺中，以「尊重智慧與創意的文化事業」為信念。

本書榮獲
高雄市政府文化局 2023 書寫高雄文學創作獎助計畫
高雄市政府文化局 2025 書寫高雄出版獎助